岁月留痕

霍耀林 著

中国环境出版集团·北京

图书在版编目（CIP）数据
岁月留痕 / 霍耀林著．-- 北京 ：中国环境出版集团，2025．7．-- ISBN 978-7-5111-6269-4
Ⅰ．I267
中国国家版本馆 CIP 数据核字第 2025UF0587 号

责任编辑　范云平
封面设计　宋　瑞

出版发行　中国环境出版集团
（100062　北京市东城区广渠门内大街 16 号）
网　　址：http://www.cesp.com.cn
电子邮箱：bjgl@cesp.com.cn
联系电话：010-67112765（编辑管理部）
发行热线：010-67125803，010-67113405（传真）
印　　刷　玖龙（天津）印刷有限公司
经　　销　各地新华书店
版　　次　2025 年 7 月第 1 版
印　　次　2025 年 7 月第 1 次印刷
开　　本　880×1230　1/32
印　　张　7.75
字　　数　170 千字
定　　价　59.00 元

写在前面

生命，是一场既短暂又漫长的旅程，我们经常用“一生”来衡量，可是这“一生”究竟有多长，终点在何方，谁也无法确定。它如同一片无边无际的海洋，我们都是漂泊其中的行舟，寻找着属于自己的港湾。尽管终点充满未知，但每个人都在用自己的方式诠释着这场生命之旅的意义。

在这段旅程中，时间是最难以掌控的变量。有些人有幸历经百年岁月，见证时代的沧桑巨变，用岁月打磨出深邃的智慧；有些人的生命或许只有七八十年，却也能在这有限的时光里书写属于自己的传奇；而还有些人，生命仅有短短三五十年，甚至更短，他们的生命如同划过天际的流星，虽然短暂但也可能璀璨。

无论生命短长，我们都无法忽视自己的渺小与普通。外卖诗人王计兵登上春晚舞台后曾感慨：“春晚选择我们，并不是因为我们足够出色，而是因为我们足够普通，普通到在人群里，谁也不能轻易把我们甄别出来。”在浩瀚的宇宙中，地球不过是微不足道的存在。我作为地球上茫茫人海中的一员，渺小得如同一粒微尘。尽管如此，我却时常会想起“苔花如米小，也学牡丹开”。这些年，我经常在想，我的生命将是三五十年还是七八十年？我不得而知，但是我清楚地知道自己的渺小与平凡。正因如此，我特别珍惜每一个当下，用心去感受生活，尤其珍惜每一次成长的机会，去思考、去创造。

我并不是一个能够闲下来的人，内心总有一股力量驱使我不断前行。这股力量，或许是对未知的渴望，或许是对自我实现的追求。我始终相信，无论我取得多大的所谓“成绩”，都不过是沧海一粟，我不应该被小小的成就所迷惑，正如“泰山不让土壤，故能成其大；河海不择细流，故能就其深”，我时刻提醒自己保持清醒认知，不断追求更高的境界，努力成为更好的自己。

现实生活中，迷茫与虚无往往如影随形。我们时常会感到困惑与无助，不知道前方的道路究竟在何方。总是有人怀念过去、不满当下、迷惘未来。在迷茫与虚无中，人们迫切渴望找到前行的方向与指引。我深信“萤火照夜”的力量，即使是一只萤火虫的微弱光芒，也能在黑暗中给人带来一丝丝的希望与温暖。它或许不能解决所有的问题，却能给人些许安慰与勇气，让人相信经历山重水复之后，必有柳暗花明之时。在给予他人微光的过程中，我们也会找到真正的自我。这个自我，无关外在的标签与身份，而是源于内心的坚定与自信。当我们不再追逐外在的虚荣与荣耀，而是专注于内心的成长与提升时，便会发现自己变得更加充实与满足。我们的价值，并不取决于他人的评价，而是取决于我们如何对待自己、如何对待这个世界。这份自我认知，让我们更加坚定地走在自己的道路上，无论遇到多少困难与挫折，都能保持内心的平静与从容。

每个人的存在都有独特的价值。或许我们无法像太阳那般光芒万丈、普照大地，但我们发出的微光，也能在某个瞬间照亮他人的心灵，给予他们前行的力量。我知道，真正的智慧在于认识到自己的局限，并在追求与努力中不断成长。“路漫漫其修远兮，吾将上下而求索”，生命的意义正在于不断地探索、思考与创造。每一次探索，都是对自我边界的拓宽；每一次思考，都是对生命深度的挖掘；每一次创造，都是对生命价值的彰显。

在探索与寻找的过程中，我们难免会遇到挫折与失败，但这并非终点，而是成长的垫脚石。每一次跌倒与爬起，都是对意志和信念的磨砺。这些经历让我们变得更加坚韧与勇敢，也让我们更加珍惜来之不易的成功与喜悦。它们让我们明白，人生的意义并不在于最终的结果，而在于我们走过的每一步。

这本书，正是我对生活、对自我、对世界的思考与记录。它没有宏大的叙事，也没有高深的哲理，只是我在平凡生活中的点滴感悟。这些感悟或许微不足道，却是我内心深处最真实的写照。

我不愿在年富力强时浑浑噩噩地生活，如同浮萍般随波逐流。我渴望在这有限的时间里，探索出属于自己的价值和意义。曹植曾言：“冀以尘雾之微补益山海，萤烛末光增辉日月。”我相信，只要保持积极向上的心态和勇往直前的精神，定能在生命的旅途中留下属于自己的独特印记。而这本书，就权当我送给这个世界的一份微小而真诚的礼物。

霍耀林

2025 年 3 月

目　录

第一部分

遇见你，遇见美好

（个人经历与感悟）

我的同乡张维迎

已全然不记得第一次听到张维迎这个名字是什么时候的事了。脑海中印象很深的一件事情是，20世纪90年代初，村里刚通上了电，虽然经常由于电压不足或不稳，动不动就断电或是连15瓦的灯泡都亮不了，但是好歹也算迎来了电灯电话。父亲激动地咬咬牙买了一台当时最时尚的黑白“黄河”牌电视机和一台收音机。从此，家里只要有电，电视机、收音机的声音就会响起，清静的小院顿时就热闹起来。

和我家仅一河之隔的村庄，就是张维迎的老家辛庄村。由于三姨家也在那边，所以我从小对那个地方就非常熟悉。没有电话也没有其他通信设备的彼时，只要看到对面山上有人，站在我家院子里大声喊几声，就能把三姨家的人叫出来。于是，隔着一条沟就能和对面山上的三姨家拉起家常。虽然距离这么近，但不知为什么，我们村里通电好几年了，对面三姨家的村庄却一直仍要靠昏暗的煤油灯照明。三姨每次来我家，看着家里的电灯、收音机、电视机就羡慕不已，一边抱怨，一边盼望着她们村里也能早日通电。

时间一晃就是几年，转机出现在张维迎的回乡。有一次，三姨来到我家，激动地说他们村终于也要通电了，据说是当时在英国留学的张维迎回乡后，感慨于村中不通电的状况，在外面筹了些钱推动的。那时，我应该还在上小学，虽然不知道张维迎是谁，也不懂什么是留学，但是能解决村子里多年未解决的通电问题，那一定是非常非常厉害的人物了。我的好奇心陡然上升。之后，每次见到三姨，我都会问问关于张维迎的事迹。

渐渐地，在我的脑海中形成了一些由断片构成的模糊印象。我知道了世界上还有英国这个国家，知道这个国家好像比我们国家要发达，也知道了牛津大学，而且据说这所大学在世界上都非常有名，而在那个大学读书的人竟然厉害到能解决村里多年未解决的通电问题。

每当我向三姨及我的父母、熟悉的乡邻问起张维迎为什么会那么厉害，他是如何走出去的，所有人的回答都是：努力学习。虽然那个时候，我完全不知道要努力到什么程度，怎样才算努力，但我记住了这几个字。

上初中后，家乡连年大旱，庄稼几无收成，靠天吃饭的生活变得异常艰难。在没有余粮可卖的岁月里，家里的希望全寄托在了红枣树上。那几年，父亲把房前屋后，山里、沟里、坝上凡是能栽枣树的地方都栽上了枣树，就靠秋天打下来的红枣卖几个钱，供我们兄弟姐妹上学。我初二时，大哥考上了大学。从父母激动的泪水中，我第一次感受到了“大学”这两个字的分量。但是大哥上大学要付的高昂费用，让本就艰难的生活雪上加霜。

为了从地里多刨挖几个钱，父亲在山那头的坝地里种上了西瓜。暑假一到，瓜正好成熟，全家人总动员，把西瓜一个一个从山那头背到山这头的家里，小心翼翼地放在手推车上，走街串巷去卖。3 毛钱一斤的西瓜虽然不贵，但对于旱情严重的家乡百姓来说，并非人人都能吃得起，必须得考虑哪个村子哪些人有这个消费能力。说是去卖，其实很多时候是趁着大热天把西瓜背到乡邻家中，对方也不会推辞，有钱就收钱，没钱就记个账以后给。也就是从家里卖西瓜开始，我知道了张维迎的老家。那时候，他父母尚在村里，无论什么时候给他们家送西瓜总不会推辞。而对那时候的我来说，给他们家送一次西瓜，更像是一次“朝圣”之旅。

去他们家如果推手推车就得绕道镇子上，路程会增加好多倍。所以每次我都是背着沉甸甸的西瓜，沿着羊肠小道，深一脚浅一脚地先下到沟里再爬到山上。又重又圆的西瓜压在瘦弱的背上，疼痛还是其次，顶着烈日，汗水很快打湿全身，滑溜溜的，我很难抓住装西瓜的蛇皮袋。我一边忍受着疼痛，一边紧紧抓住袋子，生怕有磕碰。那个时候，背上的西瓜寄托着我对未来的所有期望。我知道，虽然张维迎可能没卖过西瓜，但我正在走的路他之前一定走过，他也是从这里走出去的，家乡的苦他一定非常清楚。

大哥上大学之后，从身边人的目光中，我读到了巨大的压力。记得有一年秋天打枣时节，我帮五爸家打完枣后推车送回家的路上，五爸对我说，你大哥考上大学了，你也一定要努力，要考上更好的大学。我点点头，心里却很不是滋味。因为有一次，大哥检查我的学习情况时，自认为学习很好的我，却没答对大哥提出的任何一个问题，无论是数学还是语文。我第一次意识到自己和大哥的差距何止天壤。大哥就读的大学正是张维迎曾经读过的西北大学。

中考结束后，我沿着大哥走过的路去了他曾经就读的高中。但我清楚地知道，大学对于那时的我来说，简直就是遥不可及的梦想。同样是学习物理，大哥学完后，可以把家里的收音机拆成一堆零件再重新组装好，也可以把父亲电锯上烧坏了的电动机拆下来修理好，甚至母亲坏了的手表也能拆开修好。数学方面更是如此，大哥坐在做饭的灶火边，一边拉着风箱一边就能若无其事地说出我思考多日都无解的数学题答案。和大哥相比，我觉得自己简直差了十万八千里。我甚至一度怀疑，父母把最好、最聪明的基因都遗传给了大哥。

就在那样的岁月中，有一次，我意外地读到了一份报纸，已不记得是什么报了，但“东进的陕西军团”几个字印象非常深刻。几乎整版都是关于西北大学经济学的报道，其中对张维迎的介绍尤为详细。那是我第一次在报纸上读到关于张维迎的介绍，第一次知道了西北大学的经济学，了解了张维迎详细的成长历程。我开始思考，既然物理不好，那我是不是也可以选择经济学呢？高二文理分科时，我毫不犹豫地选择了文科，因为我向班主任确认过，文科可以报考经济学。

从那时起，西北大学、经济学，这两个词就像两把剑一样时刻高悬在我的脑海中，不断激励着我发奋努力。有一天晚自习，我从同学那里借到了一本书，是路遥的《在困难的日子里》。我几乎是屏着呼吸一口气读完的，读完后跑出教室，冲出校门，躲在黑暗中放声大哭。我想起了顶着烈日卖西瓜时挥洒的汗水，想起连青草都被旱死的季节放羊时的辛酸，想起为防枣树旱死半夜起来抽水浇树被毒蝎蜇的疼痛，想起为卖几毛钱去山上刨野胡麻根时挖出一条蛇的恐惧……

而这些，我相信，只要是生活在陕北这块贫瘠黄土地上的人们，无论是谁都能切身体会得到。张维迎如此，路遥亦如是。我非常庆幸能在报上、书上读到同样出生于黄土地的这两位前辈，我甚至觉得比起《在困难的日子里》中的“我”，自己其实已经足够幸福，最起码不仅不用饿着肚子，还有学可上。这些慢慢都内化成为我宝贵的精神食粮，激励着我不断前进。高二以后的日子过得异常艰辛。每天晚自习结束后，学校照例要熄灯，但为了学习，我自己掏钱买蜡烛点着继续努力。凌晨，当所有人还在梦中时，我悄悄起床继续去教室借着微弱的烛光苦读。记忆中，高三那年的冬天，我甚至都没怎么脱衣服睡过觉，就为早上起床能节约几分钟时间。晚上夜读结束后返回宿舍时的饥饿也令我印象特别深刻，平时虽会备些馒头之类的食物，但很多时候都是嘴里嚼着东西就已经进入梦乡，早上醒来，嘴里还有未吃完的食物。

高中岁月一晃而过，经历过一次复读的洗礼后，我终于如愿考出了一个非常不错的分数。虽然张维迎、西北大学、经济学仍然在激励着我，但我清楚地知道了自己的长处。我没有再选西北大学，也没有选择经济学，而是选择了自己非常喜欢又很擅长的外语。

大学期间，有一次午休，刚躺在床上，宿舍的几位同学拿着遥控板换着挂在墙壁上的电视频道。忽然，电视里传出一个非常熟悉的带有浓厚“吴堡风味”普通话的声音，我一边迅速喊“停”，一边马上钻出被窝。不出所料，那真的就是张维迎。那是我有生以来第一次听到张维迎的声音，也是第一次在电视里看到他，但我居然就那么迅速地识别了出来。节目结束后，我激动得再也无法入眠，兴奋地给室友们讲了一个中午。张维迎，距离我是那么遥远，又是那么近。

大学四年，一晃而过，两个专业的毕业答辩都结束后，我病倒在宿舍的床上。其间，我向一位照顾我的好友“抱怨”说：“如果把我的大学重新倒回去上四年，我也做不到那么充实。”因为我始终记着自己的初心，虽然大学都是靠着贫困助学金和助学贷款读完的，但我同时学了两个专业，拿到了两个学位。我一直记着曾经和一位老师的对话，老师问我：“将来打算做什么？”我回答：“我要去国外留学。”对于靠着贫困助学金和贷款读大学的自己来说，留学虽然很遥远，但我可以把它放在心底的深处。既然有人已经从黄土地里走了出去，我相信我也一样可以。

大学毕业后，我找了份工作，用了几年时间还清了上学期间的贷款。然后，又用了几年时间攒了点钱，开始着手筹划多年的留学梦。当终于有一天，坐上飞机离开祖国的那一刻，我不由得又想起了张维迎，想起了他们村通电的事情。从那一刻起，我也终于走上了留学之路。可是，我又能为那片生我养我的黄土地做点什么呢？

认识自己

作家余华说：“人是为本身而活着的，而不是为活着以外任何事物所活着。”我一直在思考，这“本身”该作何解呢？恐怕并非简单的维持肉体生命的存续。从生物学的角度看，要维持肉体的生命，只需按时供给特定的营养成分即可。可是，人活着显然并非如此简单。

有位哲人说过：人活着就两件事，忙着生或者忙着死。似乎也有一定的道理，因为生命的两端确实也就只有生和死，不是忙着生那就只能是忙着死了。

时间过得真的是太快了。我还清楚地记得2019年12月31日夜，当我穿过相国寺时，看到钟楼下面排着长长的队伍，等待新年钟声敲响的日本人。我一边投以羡慕的目光，一边迈着匆匆的脚步返回研究室。两个月前，虽然已经将博士论文的终稿交上，但能否顺利毕业，以及毕业后的打算，我还没有一点儿头绪。坐在电脑前，我把“2019，致自己”这几个字反复写了几遍，最后还是删掉了。在那一年，我看着樱花从含苞到绽放，从灿烂到凋零，看着漫山的绿叶一点点变红，直到被厚厚的白雪覆盖。在研究室的日子里，每天都是看着月亮从窗户升起，又看着月亮落下，忙忙碌碌中交织着百般感慨，心情复杂得无以名状。思前想后，还是让时间来稀释这一切记忆吧。

没想到，2019年尚未及书写，2020年已经悄然到来。回国后，应西北师范大学之邀，我从上海回到了兰州。13年前离开兰州时，拉着我那只靠奖学金挣来的箱子，两个专业的班级“散伙饭”都未参加，甚至都未曾和同学照一张毕业照，那决绝离开的场景至今仍萦绕在心头。我以为我再也不会回去了，再也不会对那个曾经的伤心之地有丝毫留恋。可是，当飞机还未降落在中川机场，我的眼泪就已经抑制不住地落了下来，那时我才明白，我是多么热爱这片黄土地。

下飞机后，我并没有急着离开，在机场的牛肉面店里，我毫不犹豫地坐下来，先找找曾经的感觉。对于在兰州生活过的人来说，牛肉面并非仅仅是简单的一碗面。无论是宽的、细的，还是韭叶的，无论是面还是汤，那都是一种生活方式，饱含着浓情厚意。我的离开无非就是想更好地归来，我的出走也只是想遇见更好的自己。如今我能归来，还有什么能比这更让我开心的呢？

兰州，只要它想留下我，我坚信自己是愿意留下的，但偏偏我还是未能被留下。直到某一天看到甘肃省委对人社厅的问责处理新闻，心里才稍微松了一口气。我并不是在为自己寻找借口，若有需要，我还是会回来的。无论如何，作为黄土地上出生的人，我希望自己能为大西北的建设贡献微薄之力。

从兰州返回之后，我去过安徽、北京、成都、福州、桂林、长沙等许多地方。我经常自嘲地说自己一直在路上。这句话绝非虚言。倒不是说我有多“挑”，而是在人生之路上，我希望自己能一直坚持自己的坚持，追求自己的追求，不想被淹没在滚滚洪流之中。

小升初考试，虽然取得了非常不错的成绩，但根据就近入学的原则，我只能入读附近的一所乡办中学。那里不仅教学设施落后，师资等各方面也实在不敢恭维。入读一年之后，父母咬咬牙，托人帮我转学到了邻县一所口碑极佳的中学。

于是，我开始了 30 多里艰辛的跋山涉水的上学路。对于从小习惯于在家做各种农活的农民孩子来说，我深知这次转学的意义。除了努力学习，我别无选择。可是，当我怀抱着梦想走进那间教室时，我第一次意识到：30 里，不仅是一段崎岖的山路，对于彼时的我来说，似乎还意味着另一种从未听过的语言。

老师讲话我居然完全听不懂，甚至连点我的名字我都没有听出来。这种语言的差距带给我内心的惊慌，远超过 91 张陌生的脸庞带给我的压力。偏偏老师可能想了解新来学生的学习状况，每次上课都一定会点我回答问题。

一个很简单的平方差公式、完全平方公式虽早已烂熟于心，可一被老师点名，竟然回答不上一个字。那时，作为班主任的数学老师似乎并没有发现学生回答不上问题的原因所在，单纯地认为我是一块朽木，不可雕吧。不仅数学课如此，物理课更是，那位傲气十足，从来不会正眼看人的物理老师在我两次没有回答上问题后，不无得意地宣布以后我不再需要交物理作业给他。当看着全班人的物理作业都整整齐齐地交上，我忍着满腹委屈的泪水，自己将作业本送到了物理老师的屋里，没有想到的是，他当着我的面将作业扔出了屋。

我强忍着眼泪捡起作业本抬起头离开了。我暗自安慰自己，优秀不一定非得体现在一本作业上。可后来又有一次，物理老师再次伤了我年幼的心。在一次实验课上，所有人都可以上台操作，轮到我时，他却当着所有人的面拒绝了我。

那一刻，我在心里暗暗发誓，一定要发奋努力，证明自己。

那一个学期里，虽然没有再交过一次物理作业，没再参与过物理课堂上的实验，但我还是认认真真地按照要求没有落下过一次作业。实验，也在我心里做了无数遍。老师可以不收我的作业，可以拒绝我参与，但他无法左右一颗上进的心，我也决不会轻易放弃自己。

对于努力的人来说，成绩是最好的说明。那一年期末考试，我的各科成绩已经排在班级前列。当年恰好进行了一次班级调整，将6个班级的近600多名学生按成绩进行了重新编班。而我却不出意外地再次落选“快班”，原因当然不是因为成绩，而是那位物理老师担任了“快班”的班主任。

我的心一边在默默地滴血，一边仍然在暗自安慰自己——那样的老师，我不稀罕！

初三，我是在所谓的“慢班”里度过的。虽然同学们都成绩平平，但很庆幸的是，班主任及各科老师都非常好。尤其是作为班主任的语文老师，以及化学老师和英语老师给我留下的印象最深。让我知道了“师”之魅力，不仅是上好一堂妙趣横生的课，其循循善诱、诲人不倦，能让听课、学习变得如沐春风般享受。

那时候开始，我就在想，以后一定要去当老师，要当像这几位老师一样的好老师。

上大学后，我一直坚定自己的信念，立志要去当一名中学老师，可我内心十分清楚，所学专业距离中学老师这个职业是何其遥远。大三、大四时，尚在迷茫中的我，居然发现学姐学哥们可以去大学当老师。我忽然觉得自己的人生又看到了希望，找到了前进的方向。

毕业那年，为了实现自己的梦想，我登上了南下的列车，离开了生我养我的黄土地，离开了大西北。我选了一趟最慢的车。43 小时里，我穿越了戈壁，经过了八百里秦川，当一望无际的平原展现在眼前时，我甚至联想到了自己的未来是否也能如此一马平川。

事实上，漫长的旅程中，陪伴我的似乎只有忐忑与不安。我感觉自己像是在穿越一片大荒漠，远处的蜃景若隐若现，吸引着我不断向前，又像是处在一段黑暗当中，完全不知道光明会何时到来。

在那些看不到前景的黑暗中，我在一遍遍遥想着自己的未来。

好多年以来，每年的九月，我总是站在讲台上，向我最亲爱的同学们分享我那不成熟的但自认为还过得去的所谓的生活感悟、大学经历以及梦想追求。一年又一年。某一天开始，我渐渐感到与那些可爱的同学们之间有了距离，我觉得有必要重新坐到讲台下去反省自己，去思考作为学生的心理。

又一个新的九月如期而至，我如愿坐到了讲台下。再次远离了我精心营造的算得上温暖的小窝，离开了刚刚熟悉的校园，离开了我最喜爱的同学们。当我决定踏上新的求学之旅时，我自认为已经做好了充分的准备。

现在回过头来看，或许正如我当年在讲台上时无法理解讲台下同学们的感受一样，当我重新坐回讲台下，我才意识到自己与讲台上的那个我之间还有很长的路要走。无论是在内心、脑海中，还是在手头或者嘴边，我真的感觉给自己做了足够充分的计划，可事实往往并非如此。

每天虽然很努力，但很多时候并不能如愿。当我无力改变的时候我学会了适应。有时候想起来自己真的很不够有骨气，在我的内心深处，其实无时无刻不在提醒着自己，“革命尚未成功，仍需好好努力”，可现实中的自己仍然无动于衷。也许是自己真的年龄大了，也许自己真的学会了逃避，也许自己真的有点太唯心，也许……

回想起过去每天里的每分每秒，我想对自己说太多。我的脑海中充满的都是困惑，问号一个接一个。当我站在讲台上的那一刻起，讲台下的我的亲爱的同学们想必都是和我一样的吧，如果真是如此，我还可以庆幸，至少我又给自己找了个不错的理由。

想到即将来临的每天里的每分每秒，热血其实一直都是流淌着的，而是否能够保持恒温流淌呢，我一直在问自己。我是否仍然是我？

从小就习惯了背井离乡，习惯了漂泊，习惯了一个人生活，习惯了一个人思考，可是到了现在却发现自己越来越不习惯自己了。

我想起了苏格拉底的那句名言：“认识你自己。”我，只知道一件事，那就是我什么都不知道。

仲田明也先生

「2017年日本新年，我给仲田老师发去新年问候，1月9日得到先生的回复，鼓励我继续努力，并且还约好京都樱花烂漫的时节他来京都看我。可是刚刚得知，先生已于这年1月20日仙逝。与先生交往几年，邮件往来无数，尚未及整理，以下为2013年写的关于先生的一篇文章，曾获2013年度中国“我与外教”全国征文大赛二等奖（刊于《国际人才交流》2014年第11期），谨以此为纪念，先生事迹定将在中日友好史上留下浓重的一笔。」

依然清楚地记得2012年9月杭州的开学典礼，印象最为深刻的是新任外教代表仲田先生的发言，也就是从那时候起，我记住了这位非常和蔼可亲的日本外教。

开学后没有多久，因为和外教同住一栋楼，上上下下之间，很快大家便都相互熟悉了。在杭州的日子里，也许因为有点不适应吧，每天我都起得很早。每次当我去食堂的时候，总是会碰到已经晨练完毕的仲田老师，他总会很热情地和我打招呼，有时也坐在一起边吃边聊。

记得2012年国庆过后，中日之间钓鱼岛问题持续发酵，有些日本外教甚至因担心自己的人身安全，主动撤离学校。有天早上，照常在食堂见到了晨练回来的仲田先生，先生看到我，照例是热情的问候，打好饭菜后，我们坐在了一起，边吃边聊。先生对于国内因钓鱼岛问题引起的对日不友好情绪想必也一清二楚。他告诉我说："中国和日本自古就像亲兄弟，一家人，现在却是这般模样，作为日本人，我很能理解，我也在时刻反省，我能为中国'兄弟'做点什么。"

听完先生的话，我吃了一惊，打过交道的日本人不计其数，可是这样的话，我却是第一次听说。我客气地回答他说："先生已经做得很好了，作为中国人，先生的话让我很感动。"后来的事实证明，先生让我感动的还有太多太多。

仲田先生对中国有着浓厚的兴趣，他虽不会中文，但这并不妨碍我们的交流，很快，我就发现，我们彼此之间居然有着许多共同的爱好。于是，每次见面好像都有很多聊不完的话题，后来，干脆抽个时间到先生的房间里，一坐就是几小时，经常聊得开怀大笑。

有次先生告诉我，为了学日语的同学们有更多练习日语的机会，先生在杭州的日本人学校也兼职，有机会就会带一些同学去做交流，一方面为了增进了解，另一方面也希望能提高大家的日语水平。

前几天正好日本人学校里搞活动，先生也应邀参加了活动，但是在活动开始前的升旗仪式上，学校里只升日本国旗。先生当场就向校长提出抗议："眼下中国和日本之间因钓鱼岛问题引起了很多的不愉快，作为一个在中国的日本人学校，我们理应同时升起中日两国国旗，我们应该告诉我们的子孙，善待邻里，友好相处。"先生的话得到了很多人的响应，于是，在校园的上空便同时飘起了中日两国的国旗。

先生宽广的胸怀，对于两国大体的关怀，以及虑及子孙的意识让我印象非常深刻。先生告诉我很多自己的经历，让我欣赏他写的游记，先生文笔非常好，每次读他写的东西，总让我感慨不已。

正如我在日本记录所见所感一样，先生也把自己在中国的感受全部记下来，对于在这块土地上生活的我来说，先生的所见所感格外有味道。

先生一个人沿“丝绸之路”去过西安、兰州、敦煌以及新疆各地，写了很多沿途的所见所闻。先生告诉我，他虽然不懂中文，但他坚信两国人民的心是相通的，正是凭着这样的信念，先生每年都会独自去中国的很多地方旅行。

先生热衷于教育事业，据说在日本横滨的小学做了30多年的校长，来中国后，曾在佳木斯大学担任外教，先生的热情和倾心深受学生的欢迎。他曾经多次给我看中国学生写给他的邮件。对于立志从事教师行业的我来说，先生就是我努力的榜样。

先生还热心于参加杭州日本商会组织的活动，通过认识的日本企业负责人，为学生们提供去日企就业的机会。为了丰富大家的日本体验，增进相互的了解，先生组织同学参加各类和日本相关的活动。

快到年底的时候，先生特意邀请杭州日本商会负责人来校做了一次报告，专门就日企的就职问题以及日企需要的人才，进行了现场的交流，记得那天还是雨天，但偌大的教室座无虚席。

为了增进中日学生间的交流，先生特意联系组织在杭日本留学生与中国大学生举行联谊会。先生的热心赢得所有学生的欢迎。

今年，学院赴日留学生起程之际，先生写了一篇足足有

2万多字的日本留学注意事项，从生活到学习，事无巨细，无微不至，让同学们心里倍感温暖。出发之际，先生戴着小红帽，不顾自己年迈，亲自为大家搬运行李，并一直送至机场。

先生还主编了《日本事情》，刊登各类留学感想，一方面为了丰富大家的留学生活，另一方面也为未能赴日的同学们提供交流的机会。

我虽然学了多年的日语，会话已经不是太大的问题，但是用日语写文章总是不那么自如。前几天，先生将自己的写作讲义全部发邮件给我，这让我格外感动。

和先生相识虽然只有一年多的时间，但回想这一年，无论自己在什么时候，不论有什么事情，需要先生帮忙的时候，他总是倾尽自己的心血，自己都不记得麻烦先生多少次了。

仔细想来，从先生那里获得的不仅仅是学习上的帮助，更是一笔财富，一笔受益终身的财富，这是先生积累了几十年的最宝贵的经验，我如何能不好好珍惜呢？（作于2013年11月30日）

井大的日子

（一）

这么多年来，经常有人问我：“怎么会去了井冈山大学呢？”我总会半开玩笑地说，“我是沿着长征的足迹来的”（我是陕北人）。话虽如此，可说实话，在去井大之前，我还真不知道井冈山居然还有所大学，中国还有个地方叫“吉安”（井冈山大学位于江西省吉安市，距离井冈山尚有 100 多公里路程）。

2005 年冬，大学临近毕业。同学来电话说他们学校有招聘会，问我是否参加，我没有丝毫犹豫就答应了。招聘会在教学楼里举行，一间教室里，我看到招聘单位上写着“井冈山大学（筹）”，这并非关键，吸引我的是要招日语老师。于是我恭恭敬敬地递上简历。一位老师（人事处负责人事工作的）马上把我的简历转给旁边的人（后来知道他就是外语学院院长）。对方一看，大概觉得还可以，尤其是日语人才那个时候还很稀缺，就马上给我介绍起学院、学校的情况。之后表示欢迎我应聘，末了还补充一句，他们负责面试过程的全部食宿及交通费（虽然后来交通费没有兑现）。于是，相互留了联系方式之后，我就离开了。

返回学校后，考虑了几天，并无其他合适的应聘单位，于是去网吧仔细查询了这所学校的位置、交通等情况。

考虑到对方提供交通费、食宿（这应该是当时考虑的最重要因素），我觉得有必要去看看。日历刚刚翻到 12 月，我就顺利用学生证买到了南下的火车票。因为实在太穷了，只能买最便宜的绿皮车，几十块钱就可以从兰州坐到汉口，代价是得耗费两天多的时间。

那是人生中的第一次南下，多少年后我都不会忘记，当火车行驶在一望无际的平原上时我那激动的心情。彼时，尽管地理课本上学了那么多年的地形、地貌，但是对于生在山里、长在山里、看惯了黄土高原山山沟沟的我来说，还是被那看不到边际的大平原深深震撼。生活在那里的人该多么幸福啊！他们不用爬山，不用下沟，单凭这点就让人羡慕不已。

在火车上摇晃了 40 多个小时后，终于抵达汉口。初冬，北方的树叶早已掉落，只剩下孤零零的树枝在寒风中瑟瑟发抖。而汉口街头居然还有绿树，没错，就是长着绿色叶子的大树。看到第一棵的时候，我还在怀疑它是不是真的，当我看到街头一排排全是绿色的时候，才开始相信：这里的冬天真的与北方迥然相异。

从汉口出发还得去武昌转车，我不敢多作停留，问了车站工作人员后就挤上了开往武昌站的大巴。当大巴车驶过黄鹤楼走上长江大桥时，我拼命地往车窗挤了挤，看见那宽阔的江面，脑海里瞬间就闪现出那句熟悉的“烟波江上使人愁”，我不知道自己此行是否能如愿，更不知道未来会如何。

到武昌站后，买到了一张晚上出发继续南下的票，看时间尚早，我终于松了口气，找了个公共电话亭，给远方的好友拨通了电话。没说几句，眼泪就不住地流了下来。毕竟这是人生中第一次南下，颠簸了两天多，加上对即将到来的明天一无所知，我竟然有点语无伦次。

凌晨3点，终于抵达目的地。夜，静悄悄地，街面上看不到任何营业的店铺，只有几盏昏黄的路灯，我凭着之前网上查好的地图的记忆，摸索着向学校方向前进。穿过一条长长的无人的街道后，我转入了一个小坡，没走多久就看到了学校的大门。看了一下时间，还不到4点。

天亮之时，我就已经将整个校园逛了一大圈。校园的正中位置连接两个湖，那是我最满意的。我想起了无数作家笔下的南方，我相信，水，是有灵性的，是可以给人增加智慧的。面试虽然尚未开始，我似乎已经做出了选择。

接下来的两天，参加了学院的试讲、面试，虽然中途也接到了来自云南、安徽、福建三所高校的面试邀请，但我没有再犹豫，第三天便在人事处正式签下了这份工作。

如今，我已经丝毫想不起来自己是怎么离开的，返程没有给我留下一点印象。也许是读了十几年书之后，我第一次凭着自己的能力找到了一份期待的工作，对自己过于满意吧。

春节过后，当所有人都还在校园里游荡之时，我却问大哥要了几百块钱，乘车去了上海。饱读了十几年的诗书，我迫不及待地想要把自己的所学知识变现，我需要足够的收入支撑自己独立的生活。

黄浦江边，东方明珠旁边的国际新闻大厦，据说有上海最高端的人才招聘会，我排队把自己准备好的简历一份份投递了出去。

一家律师事务所需要法学的日语翻译，我真觉得天底下再没有比那更适合我的岗位，我读过法学专业，还学了日语，哪一科我都自我感觉相当良好，更重要的是面试官的问题我都轻车熟路，于我没有丝毫的难度。

但是简历投出后，就如同扔进了黄浦江，没有激起一点点水花，没有任何的回响。失望，如同野草般在脑海里疯长。可我又能如何呢？

两三周后，终于有一家服装公司来电话，让我去上班。电话挂断之后，我简直不敢相信自己的耳朵。回想起过去几年的大学，我学了日语、学了法学，我去过工厂，当过车工、钳工、做过模具，学过计算机日语，也向土木专业的同学请教过很多土木相关的知识，我甚至还上过“钢铁是如何炼成的”课（印象中是材料学院一位大阪大学毕业的教授开的科技日语），我唯独没有接触的就是服装，虽然我最要好的一位大学同窗（曾经的室友）就是学纺织的，但是我还真没有想过把日语与纺织结合。

命运就是这么不可思议，无心插柳之时，偏偏柳成荫。我欣然接受了这份工作，第二天便去了位于浦东外高桥保税区的这家公司，我怎么能和生活过不去呢？尤其是对于彼时经济相当拮据的我来说，需要的只是一份能够养活自己的工作。我相信没有什么是我学不会的。

作为一个朝九晚五的上班族，上海的生活忙碌、充实、幸福。周末，我骑着自行车穿梭在浦东的大街小巷，去追寻魔都的时尚与现代，我甚至一不小心闯红灯，还被警察阿姨给逮了个正着，要罚款50元，最后在百般的央求下躲过一劫。我甚至还为人生中第一次拥有了一把雨伞而沾沾自喜了几天。北方几十年的生活经历，让我对雨实在没有什么准备。于是，当我淋着雨坐上公交车时，发现了周围人异样的眼光，淋得如落汤鸡般的我，没有尴尬到自己，却尴尬了别人。

上海给我留下了人生中最心痛的记忆。赴上海之前，我还曾跟大姐夫通电话，给他讲了好多我未来的计划，而两个月后，我却得到了他意外身亡的消息。我瘫在上海的街头，号啕大哭，我想起了他的所有过往，想起了我亲爱的大姐，两个年幼的小外甥，所有的记忆如同电影般在脑海里闪过，我多么想见他最后一面，可所有人居然瞒着我，直到安葬之后，也是在说漏嘴时才让我知道。从此，人生中多了一份悲痛、多了一份遗憾、更多了一份牵挂。我在上海的网吧，坐在电脑前，多么想写点关于他的记忆，却悲痛地无法自抑，无从下笔。

8月下旬，大学开学之前，我从上海正式辞职，赶赴井冈山大学任职。04级、05级的日语专业同学们已经入学分别有两年、一年有余，据同学们反馈，这一年终于配齐了老师，日语专业有三位老师，一位日籍外教同时入职。

这份教职让我感受到了前所未有的满足。我经常和同学们讲，我是一不小心当了大学老师的。大一的时候，我还梦想着大学毕业后去乡下中小学支教当个老师。可是，大二、大三时就发现日语这专业过于“冷”，估计支教都不会有人要吧。大二暑假军训结束后，我也曾梦想去军区的部队，但是不到百斤的体重，感觉实在有损军人的形象，虽然那个时候学校里就有专门的国防生，我却始终没有勇气去挑战。我也曾梦想着成为一位公平正义的法官或律师，但是当我去法院实习几次后，这个念头也就逐渐打消。也正是因为这种不确定性，我才疯狂地去学其他学科的知识，我多么想给自己多充哪怕是一点点电，希望能照亮我未来的人生道路。直到大三后半学期得知自己的学姐去当了大学老师，我才终于看到了自己奋斗的方向。

04级日语班的教室里坐得满满当当，我走上讲台，几十双眼睛齐刷刷地同时集中在我身上，他们中有的年龄和我相仿，有的是同龄。我没有丝毫的胆怯，老师这个职业是我最喜欢、最中意的，也是我一直以来的梦想。我感受更多的则是肩上沉甸甸的压力与责任。

虽然大学几年饱读“诗书”无数，跨学专业几个，但是毕竟学历摆在那里。我并非没有思考过学历的提升，但实在是困于经济，暂时放弃了这个念头。尽管如此，该读的书我还是没有落下过。我把自己在上海外国语大学门口书店买来的资料拿来与同学们一道研读，学历可以暂时不提升，知识绝不可以不丰富。

9月的吉安，酷热如暑。蜗居在校园小山坡上破旧的顶层小屋，我感受到的却并不是热浪。现在想来都有点不可思议，也许是自己尚未适应南方的生活，完全不知道该如何应付，也许是心里过于满足，心静自然凉，在这连风扇都没有简单到极致的生活中，我却意外地感到快乐、幸福。每天沉迷于教课，沉迷于那些一直以来想读却未读的书籍不能自拔。

湖就在山坡之下，一条小路从湖边直插到山丘之巅。道路两旁与我齐高的桂花树，一看就是栽种没几年，时值9月，桂花香沁人心脾。每天，挟几本书穿过芳香的小道，徜徉在湖边的椅子上，看湖面上云卷云舒，读书本里古今中外，我经常想就算是梭罗重生，大概也就是这样吧。

我甚至都想好了就这样一直下去，未来某一天自己也可以成为讲师、副教授、教授，然后光荣退休。每个月千把块钱的工资，虽然只够维持基本的生活，但是就算花得精光我都从来没有担心过下个月的生活。水流虽然纤细，却一直在流，这样的生活，我丝毫都不会考虑断流的问题。我曾多次和学院里的老教授们聊天，他们基本也就是这样一路走过来，我怎么会有意外呢？我想得更多的是怎样去努力学习，备好每一节课，教好每一门课。我对物质生活的追求本来就不高，又没有其他的爱好，生活过得简单、惬意。

（二）

2008 年是特殊的一年，值得记忆。其时，火车票还是一票难求，放寒假后，托了几个朋友，才终于买到了一张回家的火车票，还是列车员休息的地方。一边惊讶于朋友的“活动”能力，一边也第一次坐上了火车的卧铺，见识了列车员的生活。30 多个小时后，抵达西安，然后继续转道榆林。

印象特别深刻的是江西出发时穿的棉衣回到榆林后简直和单衣没什么两样，抵御不了一丝塞北的寒风。当我瑟瑟发抖地到家后，直接趴在暖气片上过了许久才恢复过来。出发的时候还是零上几度，而榆林的温度此时已经是零下 20 多度。

我都惊讶于自己的健忘和适应能力，才去江西两年居然就忘记了塞北的寒风。榆林对彼时的我其实并不算陌生。东山上的榆中补习部曾是我辛苦奋斗二战高考的地方，不用说数学老师、语文老师的讲课让我大开眼界，永远难忘，就连城墙上的一草一木、一砖一瓦似乎都还留在脑海中。位于西沙的榆林高专（榆林学院）更是小哥上学的地方，那里有他的、我的一大堆同学。行走在街头，稍不留神，就有人迎着面打招呼，很多都是不认识的，不用说，那一定就是小哥的同学认错人了。这样的事从我们兄弟上学伊始就早已见多不怪。

榆林的经济彼时也正处于起步腾飞阶段，作为中国的化工业重镇，当地的煤、石油、天然气、盐等各类化工厂矿接二连三拔地而起。许多理工科的同学从学校毕业，基本都回到这些工矿企业就业，不仅待遇一骑绝尘领先了大部分人，而且福利也让普通的工薪族望尘莫及。自甘落后的我有相当的自知，回家后基本都乖乖地蜗居家中，从来不出去叨扰大家。

尽管如此，哪位同学在哪里发了什么大财之类的事还是时有耳闻，可我除了替同学表示一下高兴，实在想不出还有什么。我自认为志不在彼，箪食瓢饮、安贫乐道，并未觉得有任何不妥。就像加缪所说：贫穷对我来说从来就不是一种不幸。经济虽然有点窘迫，但我确实生活在快乐之中。对一部分人来说，似乎有一点吃不到葡萄说葡萄酸的滋味，可在那时，我至少还没考虑那么多。

神木，作为榆林最富有的县，遥遥领先于其他各县，在陕西省内的影响力也非同小可。大学期间，虽然和神木的同学一道经银川、包头走过一次，但我对号称“黑黄金”遍地的县城实在没多少印象。这次回去之后，听说有许多女孩子都热衷于嫁神木人，似乎只要嫁给神木人就有花不完的钱，享受不完的荣华似的。对这类话我也就是左耳进右耳出，不屑地付之一笑。人生在世，钱，绝非万能，任何荣华，也不过一时。

几天之后，新闻上铺天盖地地都在报道南方遭遇的大面积雪灾，我一边庆幸自己早几天赶在雪灾前回家，一边为尚在半路上的同胞们深深地感到忧虑。我想起了井大那个“鸟窝”（我把自己在井大15栋的住处称作“鸟窝”，顶层，又小，还在树林里）后面茂密的树林，被大雪覆盖后，十有八九都会折断吧。那片树林可是我一直坚持住在“鸟窝”的最大原因。我的鼻子特别敏感，空气中稍微大点的颗粒都能感觉得出来。井大的校园里绿树成荫，一进校园马上就可以感觉出校园内外空气的差异，而我居住的“鸟窝”更是得益于那片树林，空气尤其好。加上又是顶层，视野也非常开阔，站在阳台上，几乎可以俯瞰整个校园，也可以眺望如黛的远山，看那一层层薄雾缠绕着山腰，舒展变幻，美不胜收。极佳的生态也成了各种飞禽的理想栖居之地，过去的两年，我每天都在小鸟的叫声中醒来，经过这一番冰雪，以后小鸟还会选择来此吗？

春节之后，当我踏着冰雪在榆林火车站与朋友相拥而别的时候，我一定不会想到我再次回乡居然是十多年之后。

三月，再回井大时，校园已经春意盎然，一派生机勃勃的景象。屋后那片树林虽经冻雨到处都是残枝断桩，狼藉满地，但是小鸟似乎并未嫌弃树林的破败，每天早上我依旧是在叽叽喳喳声中醒来，好长一段时间都为小鸟的不离不弃所深深感动。就是在这期间，有一天突然接到了女友的分手通知。据说正是去了一趟神木，深深地被昔日同窗的富有生活所吸引。

我最终还是输给了现实。我很坦然，这样的结局在预料之外，又在预料之中。想起过去的那些日子，眼下的生活，一眼就能看到尽头的未来，尽管如此，我还是受了伤，伤得很痛很痛。一半儿源于感情，我的自尊、倔强与不甘，更多则可能是生活。安于现状、不思进取可能是再合适不过的评价。那些日子里，除上课之外，我有很多时间都是在校园北区山上僻静的树林里度过的。

井大的树林不似公园里的人工林，几乎都是原始状态，北区的更是。拨开茂密的草丛往里走，偶尔还能看到蛇类出没。山顶的密林深处，由于雪灾，到处可见折断的枝丫、树干。随便找一块空地坐下来，望着被树梢圈起来的天空，可以尽情地发上一天的呆。每月的工资就是那么点儿，用办公室老师的话讲“不会饿着，也绝不可能撑着”，这就是老师这份职业的实际价值。生活更是除了读书、上课，简单的似乎完全看不到其他任何可能性，平淡得真如同水一般。我开始怀疑自己坚持奋斗了多年的理想，这，难道就是我想要的生活？

无论如何，一定是出了问题，否则，我追求了那么多年的爱情怎么会落得如此下场呢。我思来想去，最后还是给出了合理的答案。她没有问题，只是曾经梦想的爱情输给了现实而已。问题在于我，是我没有经营好自己的生活。

那些日子里，我每天都在反省自己，并尝试着做一些改变。不仅如此，我也开始给同学们灌输一个理念：大学，总该做点啥。那几年，我经常会问同学们一个问题：“你怎么来到井大的呢？大学读得怎么样呢？”绝大多数同学的回答是：“稀里糊涂。”稀里糊涂地来，稀里糊涂地读了四年，稀里糊涂地毕业。主要原因在于日语专业还比较新，多数都是调剂而来，而且还不允许转专业。加上老师们的水平有限，很多同学从进校开始就“躺平”。于是，我经常鼓励大家去读点其他专业的书籍，找回自己曾经的梦想。实在不想读书的同学，也鼓励大家去找点事情做，我尽最大可能提供力所能及的支持。

我把自己的失败放在内心最深处，尽管我一直认为，大学，如果再让自己重新读一遍，我都不一定能做得像之前那样好。我的大学生活若按照百分制来打分，我给自己打超过百分，无论是学习还是生活，我觉得自己尽了最大的努力，可是如今还是遭遇如此的下场。我不能想象如果不去努力，后果会是什么样？

印象比较深刻的是有几位同学行动力确实非凡，很快就在学校周边开起了各类补课班，并邀请我去担任上课老师。在我看来，无论做点啥总比窝在宿舍浪费光阴好，况且，办个补课班并不是一件简单的事，学生可以在这个过程中学到很多课本上没有的知识，积累丰富的社会经历，说不定有朝一日会有更大的成就。这是另一种方式的学习，我当然鼎力支持。

五一前夕，我和朋友去了一趟云南参加研究生的复试。自从当老师以来，虽然尚未感受到提升学历的压力，但是每年的考研就像是例行工作一样，未曾缺席。云南之行，见到了曾经的高中同桌，那也是我们毕业以来唯一的一次见面。不仅去家里打扰了几天，晚上夜宵摊上更是喝得酩酊大醉，还有直到现在都能时刻想起来的过桥米线、民族小吃。昆明的四月正是人间最美，昔日同学的热情更是令人永远难忘，但命运就是如此不可思议。一位山西籍老师和我聊了好久，告诉我说既然生活还能过得下去就应该坚持自己的梦想，尽管彼时自己的生活已经出了一大堆问题，心头的伤口也尚未愈合，但我还是没有再犹豫。在理想与现实之间，我还是选择坚持自己的追求。

五月，还在教室上课中，惊悉汶川发生大地震。我为大自然的破坏力深深震撼，也为无数生命的消逝悲哀了许久。很长时间我都在思考生命的意义究竟何在。虽然自认为自己的目标向来明确，可谁又能预测这不期而遇的意外呢？生命既然是一趟单向旅程，我们还是应该遵从自己的内心，努力去追求梦想。

尽管如此，为了缓解生活压力，暑假到来之时，我还是去了一趟广东。一个学校开出了两倍多的待遇想让我去，考虑到自己的艰难处境，我确实动了心，没有犹豫就出发去了广东。

夏日的广州，热浪滚滚。虽然是第一次去，但我没有一点玩的心思。面试结束后，在那个学校及周边逛了一大圈，各种失望裹挟在热浪之中，连呼吸都感觉局促起来。两天之后，就毫不犹豫选择了离开。命运似乎已经注定了我还得继续留在井大。

（三）

古希腊神话中，西西弗斯因触犯天条，而被众神惩罚，要求他把一块巨石推上山顶，但由于巨石过重，每次都未及山顶就又滚落，前功尽弃。他只能不断重复，永无止境。诸神认为再没有比这无望、无效的劳动更为严厉的惩罚。

仔细想来，我们的生活又何尝不是如此？每一个今日都在不断重复着昨日，无休无止，直至生命的结束。在此过程中，有的人还在思考重复的方式和意义，有的人则只是被动地重复而已。

回首过去正是为了更好地发现新的未来，记忆只是在不断地提醒自己，生活不是简单的重复，不是为了生活而生活，而是为了注入某种意义，使生活超越生活本身，使生活变得更加崇高。西西弗斯的生命本应在这无效无望的劳作中消耗殆尽，但他却在这个不断重复的过程中发现了新的意义。我想这也正是记忆的意义所在。

2008 年的暑假结束，当我再次返回井大校园后，我开始重新认真思考自己的人生。校园的湖心亭一直都是我最爱去的地方，但是在那之后，我却发现了不同往日的存在。曾经很长一段时间，我都梦想着未来某一天，自己也可以光荣退休，每日徜徉在湖边，赏湖边的亭亭玉树，观湖面的粼粼波光，闲看白云卷卷舒舒，静思人世之起起落落。可是某一天，我却猛然惊醒：真到那一天，那也正意味着我在等候生命之树的凋枯。更何况眼下这一眼望到头的人生根本不可能支撑起这近乎“奢侈”的梦想。

迷茫，就像毒药发作一样，时刻都在折磨着自己。有一天去学院的路上，恰好路过化工楼的过道（那里是学校张布公告的地方之一），看到墙壁上贴得满满的都是公示，凑上去一看，原来是学校要公开招聘几个辅导员及行政岗工作人员，而榜单公示的正是报名人员。我认认真真看了几遍，除北京大学、清华大学之外，中国人民大学、复旦大学、南京大学甚至是社科院都有来应聘的，最关键的是他们大多数是博士。我第一次这么近距离地看到这么多国内赫赫有名的大学的博士来应聘井大，我实在不能理解。

2007 年，井大实现了历史性的跨越，由井冈山大学（筹）升为井冈山大学。2008 年又隆重举行了建校 50 周年庆典，学校各项事业蒸蒸日上。同样是这一年，美国次贷危机席卷全球，影响所及，创伤遍地。也许正是这诸多因素的叠加，才来了这么多名校毕业生。虽然可能有人只是报个名，凑个热闹，但这毕竟在井大历史上并不多见，而且关键只是几个普通的辅导员及行政岗位。后来听学校人事处工作人员说，他们也感到异常意外。这事对当时的我产生了巨大的冲击，因为我没有他们那样华丽的“出身”和学历。

我必须改变。恰在此时，学院安排我负责科研工作，我几乎没有任何犹豫就答应下来。虽然工作没有任何报酬，但我从中学到了很多。不仅很快就熟悉了全学院及科研处所有人员，而且也认识到了科研对于大学老师、学院、学校发展的重要性。有好多次，我和学院几位白发苍苍的老教师聊天。他们几乎是在我出生之时就已经大学毕业，分配至学校工作，几十年来勤勤恳恳、任劳任怨，为社会培养了大量优秀的人才，为学校的发展奉献了自己的青春，他们获得了无数学生、老师的爱戴，但是他们几十年来还是一直蜗居学校的斗室之中，不仅没有太多财富的积累，甚至还未评到教授职称。他们是伟大的，从事的是天底下最光辉的职业，他们淡泊明志，燃烧着自己。每每谈及工作经验，他们总是会劝我一定要多做点科研工作，不要重蹈他们的覆辙。

虽然从前辈们那里知道了科研的重要性，但是对彼时的我来说，做研究谈何容易。不仅自己从未接受过专业的学术训练，就连身边也没有几个可供参考的样板。虽然书读得似乎比别人多了那么一点，但自己几斤几两还是掂量得十分清楚的。能够着手改变的只能是眼前的教学工作。

某天，临时替一位同事去上公共课，照例早到了几十分钟（那时候，自己闲来无事经常会在教室上自习），找了个位置就坐下来，准备接下来的讲义。快到上课时间，同学们陆陆续续走进教室，一位同学来到我的身边：“同学，能否让个位置？”

我抬起头，几个男孩子站在我面前，大概是好友或同寝室想坐一块吧。我心里想着往里挪了一下，腾出了位置。靠近我的那个男孩子坐下来就跟我搭话，问这问那，聊了好久。上课铃声响了，我起身走向讲台，背着身，我已经感受到了那位同学惊掉下巴的表情，“原来是老师啊！”

刚开始讲课没多久，就发现原本坐在后排的同学一个个陆陆续续地主动搬到了前排。自己的讲课其实并无特意准备，无特别之处，上课方式、讲义内容基本保持和平常一样，但让我惶恐的是讲课结束后，教室里居然响起热烈的掌声。

课后，我照常留出点时间和同学们交流，才发现：原来，这门课自从开学以来，一直都只是放放电影，老师从来都没有给大家讲过丁点的内容，所以，当同学们第一次发现终于有老师不再给他们放电影而是讲实际内容时，他们才激动地鼓起掌。听完同学们的介绍，我有些愕然，有些不敢相信。我为同学们求知若渴的心情所感动，我为那位老师的做法感到无地自容。

作为一名教师，我可以原谅自己与生俱来的头脑鲁钝、才疏学浅，但我绝不能原谅自己的无为懒惰、不思进取；我可以没有学富五车、才高八斗的深厚学识，但我决不能抱残守拙、自暴自弃。

身正可为师，学高可为范。尽管自己的学识不足以垂范当今遑论后世，但修身明德，砥砺品行作为为师的先行条件，我却时刻铭记在心。我十分理解作为学生每次抱着期待来上课，结果只是看看电影的失望心情。

其实，我真正想改变的只是自己。自从当老师以来，我一直认为提高学生的学习主动性，要比我费心费力上课效果会好很多。我无论上哪门课，都很注重鼓励、调动学生的学习积极性。而要做到这点首先必须让学生自己认识到学习的重要性、明确学习目标、掌握学习方法。但最大的问题就是很多时候大部分学生根本没有意识到学习的重要性，也没有任何短期或中长期目标。

为了解决这个问题，我想尽办法。我自幼在乡下长大，时至今日都习惯于早睡早起（虽然现在难得早睡，但无论多晚睡，都不影响早起），我不仅自己坚持，也希望同学们能做到。我一直认为学好语言并不需要太聪慧的大脑，最重要的可能是勤奋。我经常告诫同学们，要想把语言学好，最笨的也是最聪明的方法，那就是熟练背诵。道理其实非常简单，学习一门语言，没有背熟的时候怎么可能讲得出来。

我经常上课时会问一下同学们，有没有见过早晨5点钟的太阳，大部分同学都对我这突然一问有点摸不着头脑，摇着头表示没有见过。也有同学马上会反驳道："5点钟太阳还没出来呢！"我说："5点钟是否有太阳，大家可以去亲眼见证一下呀。"有些同学已经明白了我的意思。我不过只是想让大家早点起床多读会儿书而已，尽管如此，对于大部分大学生来说，5点的确还是太早了。可事实上，我根本没有真的指望过有哪个学生能每天坚持5点起床。

我经常告诫自己，也告诫同学们，做任何事情，如果期望值是100%的话，付出的努力必须是400%。每个人都有惰性，时时刻刻都有意外状况，我们不能忽视这些不可控的因素。我认为如果付出了100%，就想得到100%的回报，那基本不太可能，实际能得到50%的回报，那已经是相当高的回报率。我希望大家都加倍努力，应该让努力成为一种习惯，成为大学生活的常态。

那几年，得益于日本动漫的流行，我担当的日语公共课选课人数每次都爆满，每学期都在学校最大的阶梯教室。但是，每周一次、十几周的课程量根本满足不了大家的学习热情。于是，我鼓励同学们早起，在湖心亭读书，我经常也在那边，有什么问题可以随时交流。后来发现，来的同来还真不少，这让我信心大增。印象中后来有好几次，我直接把课堂搬在了湖心亭，而且就是 5 点起床，5 点半开始上课，到 7 点半结束，另外留出半小时的时间读书。

生活本就该如此，只有自己的行动才能改变自己，改变生活。每天早上 8 点，当大部分同学拿着早餐进教室时，他们一定无法想象我的这些学生的满足感与成就感。那几年里有好多同学通过学习日语成功实现考研上岸，也有几位同学直接从别的专业跨考日语专业并成功上岸。所有的付出都有回报，如果没有，那一定得首先问自己是否真的付出了，付出了多少。

时间不紧不慢，一天又一天过去，虽然在教学方面越来越得到同学们的认可，但是我内心的焦灼也与日俱增。我知道起伏升降，知道山顶低谷相随相伴，我必须更加努力才可能让自己摔得不那么悲惨、那么难看。

一次，有几个日本专家到访吉安，辗转好几个人找到我，让我去给做口译。邀请方是市里一家园艺花卉公司，据说在省里也是相关方面的龙头企业。日本专家则是一位在日本从事多年花卉园艺种植的专家。

清晨出发去南昌机场接机返回时已经过了中午饭点。简单地吃了午饭，就赶到该公司的种植园。一望无际的一片原野，种植有各种苗木、花卉。虽然自恃日语还不错，但园艺、花卉说实话讲中文我都不大懂，接到任务后就立即着手做了一些工作，到现场后，在中方工作人员的带领下跟着日本专家四处走，到处看，交流内容涉及植物的虫病，花卉的品种、改良，还有一些经济苗木的栽培等。因为基本上都是在现场就算不懂中文、不懂日语，但是有实物在，不至于影响双方的沟通，翻译非常轻松。下午早早就结束，回到公司的客房休息。

我庆幸自己坚持听了几年的 NHK 新闻，日本专家显然对我的日语非常满意。一回到房间就开始和我聊，我介绍我是当地学校的日语老师，教了好多学日语的学生。他似乎非常有兴趣，我邀请他在吉安期间，有空去学校和我的学生们聊聊；他愉快地答应了。

第二天晚上，借着上课的机会，我将他带到了我上课的教室。同学们一看，居然有日本人来了，教室瞬间就热闹起来。大家都七嘴八舌地用学到的简单的日语和客人聊了起来（当然，很多时候还是得通过我翻译）。其间，一位同学站起来激动地说："老师，我长这么大，第一次见到真正的日本朋友，感觉和电视剧、电影里看到的日本人不一样。"话音还未落，下面很多同学也都马上附和道："我们也是，希望以后能有更多机会和日本朋友交流，增进彼此的了解。"

那天晚上，原计划两节课的时间，一直拖到很晚才结束。同学们热情高涨，那位日本专家似乎也非常高兴。送他回酒店后，我的心久久不能平静。同学们的求知欲让我备受感动，而我能做的只是这么一点点微不足道的小事。

我考虑该如何才能讲好每一堂课，让我的课更加有价值，更好地满足同学们的求知欲。我想到了提升学历，想去日本留学。

那几年，考研就像例行工作一样，我从未落下过一次，没落下过一场，但结果总是不尽如人意。同事中陆续每年都有去读的，有的已经读完研究生返回。压力，越来越大。

有一次，课堂上一个女学生引起了我的注意。其时，天气已经渐热，大多数女学生都已经是裙装，只有这个女学生身着一件T恤，而且一看就是一件深色的男士T恤。就像万花丛中已经凋谢的一簇。

课后，我找到了班长，询问了这个女学生的情况。听说，她家境非常贫困，虽然申请了学校的各项资助，但是因为成绩一般，并未获得太多资助。之后，我找了机会询问了她的状况。得知这个女生家里贫困，生活特别节俭，日常的衣着要么是借穿室友的，要么是父兄穿过的给她。她上月的生活费还是借了室友的，至今尚未归还。

虽然她的情况我已经清楚，可是我能做什么呢？成绩一般，争取奖学金似乎无望，而其他的资助也不在申请时间内。我想起自己的大学，想起了我的过去，想帮她点忙，但是又担心伤了她的自尊。一天中午，我去食堂，正好看见她迎面从食堂出来。我瞬间有了主意，我叫住她，谎说我忘了带卡，借一下她的饭卡。她没有怀疑，只是有点不好意思地拿出卡跟我说，卡里没多少钱了。我说没事，我去充点儿。接了卡我就来到充卡点，一查卡里只有5元。我拿出200元充了进去，转身出来给了她。

接下来几天，并未有任何异常。我也就当没发生任何事，一切照旧。假期来临前，有人找我介绍学生兼职。我第一时间就想到了她，我让她来办公室，给她说了一下兼职的情况，她似乎很开心地答应下来。临行前，我还请她去教师食堂一起吃了午饭，顺便叮嘱她出了学校就是社会人，要学会做事。她点头答应着。

新学期开始后，有一天，一位同僚好友神神秘秘地来和我说，似乎听到了一些关于我和那位女生的流言。我一听，马上惊出了一身冷汗，怎么会有这样的事呢？我问他哪里听说的，他也说不清楚。我似乎又不能多解释什么，不知道这谣言从何而来，有何用意，我担心我的任何解释若传到那位女生那里，将会产生无法估量的影响。

我强装镇定，若无其事地敷衍了一下好友，岔开了话题。接下来的日子里，我心神不宁，强烈的挫败感似乎已经沁入骨髓。我无法理解，无法想象我的一片好意最终换来这样的结果，我完全不知道该如何是好。那之后，我在一次班会上，宣布新规则："不准女生单独来找我，有任何事情必须得结伴来找。"我觉得我已经在无形之中与心爱的学生们划清了界限，我在疏远他们，也在疏远自己。

那段时间，苦闷憋着自己，当老师以来，我第一次感受到了作为老师的无助与压力，回想起过去几年的点点滴滴，各种失望接二连三地涌上心头。我甚至联系了南普陀，想着要不去出家普度众生。但是，接到举行出家仪式的电话时，恰好我当天已经有了安排。于是，"施主尘缘未了，静候他日……"

2012 年的新年，我是在西安度过的。那是这十几年来唯一一次和父母、兄弟姐妹一起过的团圆年。除夕夜晚，全家都热热闹闹，吃喝玩乐。只有我早早地睡觉了，但是我根本就睡不着，过去几年的一幕幕就像电影般闪过脑海，躺在床上辗转反侧。初一一大早，我第一个醒来，叫醒了我二姐，我告诉她说，我觉得今年考研一定能如愿。我多么迫切地想离开学校一段时间，我需要静静地捋一捋过去几年作为老师的成败。

一切似乎已经注定，成绩出来后，我简直不敢相信自己的眼睛。辛辛苦苦考了这么多年，唯一的一次裸考却考出了几年以来的最高分。

9月，当新的学期来临之时，我终于告别了井大，告别了过去几年的快乐与悲伤，暂时告别了老师这个身份，怀揣新的梦想踏上了新的旅程。

纪念石劲松

（一）

临近开学，糟心事让人变得莫名其妙，无可名状。上午手机就没电了，一直没时间充。下午，当我再次打开手机时，居然第一个弹出的是石劲松兄的治丧信息，我没能忍住我的眼泪。就在刚刚过去的几天前，他还让我在学校等他回归，我也是满心期待相聚，而如今我等到的居然是这样冰冷的消息。

十几年前，当我从遥远的大西北一路南下进入井冈山大学外语学院，其时劲松兄任职学生科，负责学生工作。彼时的学生科尚在外语楼三楼，推开门就看到几张桌子，兄一张和蔼的笑脸，时隔多年依旧记忆犹新。之后未几，我担任班主任，得益于工作的交集，彼此之间逐渐熟悉起来。兄对学生关怀备至，虽然我们均有兰州的求学经历，但我只知道兄曾就读五泉山下的西北民族大学，绝大多数时候我们聊的都是学生工作。某某学生的家庭贫困需要关注，某某班的某学生与室友不和需要做做工作……兄的工作模式似乎总能随时随地启动。

记忆中似乎是一年多后，兄即远赴四川大学攻读博士学位，从此，兄成为我仰望的众多星星中的一颗，三年之后兄博士毕业归来，更是成了我永远也无法超越的榜样。

从川大归来后，劲松兄任职马克思主义学院，不同的学院，不同的专业方向，丝毫没有影响我们的友情。我外出读书每次回校，兄总是一大早去菜市场，在厨房捣鼓一阵，做好满满的一桌子菜，那个时候兄家俨然就是我家。不仅在家里，学校门口的夜宵摊，也是兄带着我一起寻觅烤串，陪我一起喝扎啤。兄明明不爱喝啤酒，却总是将就着陪我一起喝。记得几年前我邀请日本大学郭老师和北京大学王老师来校讲学，其时我还没有车，兄不仅担当起司机任务，晚上还陪着一起在夜宵摊喝扎啤，直到凌晨才散去。那些一起吃饭喝酒的快乐日子，一场场一幕幕仿佛都还在昨天。兄任职《井冈山大学学报》副主编期间，我也刚好在日本攻读博士。我的研究方向虽然距离兄比较远，但是与刊物的距离并不遥远。兄为提升学报的办刊质量，不仅提出“走出去，请进来”（让学报编辑主动走出去参加各种会议，邀约名家稿件，还要把大家、名家主动请到学校，传授办刊经验），还身体力行，到处去参会约稿。如有专家约请到学校，兄总不忘提前告诉我一声，让我空出时间一起取取经。

兄在任期间，就先后有《浙江学刊》《中国地质大学学报》《马克思主义研究》《中国特色社会主义研究》《中国社会科学文摘》等期刊派人来校交流，不仅给广大师生提供了非常好的学习、交流平台，也给《井冈山大学学报》带来了显著的影响。一年之后，学报就跻身 AMI 扩展版，记得电话里向兄报喜祝贺时兄却表现得异常平静。我知道兄心里还有更多的想法，兄想把学报推及更高的层次。我怎么能忘记有天夜里在赣江畔兄言及自己的工作设想，连我这外行都听得激动不已。可惜之后各种原因，兄壮志未酬就再次调任马克思主义学院。

兄就任学院之后未几，办公室就搬到了外语楼的侧前方。站在我的研究室窗口就可以看到三楼楼梯口兄的办公室。自此之后，我们的交流变得更加方便频繁，饭前饭后，兄经过我的楼下总不忘打个电话，要么一起去食堂吃饭，要么一起围着校园散步，家事、国事、工作事，过去、现在、未来，天南海北，我们总是有那么多聊不完的话题。印象特别深刻的是，有次兄言及工作太累想躺平，我还打趣地劝兄："距离退休还有近20年，距离离开这个世界还得重新来这么几十年。"兄笑着表示赞同我的说法。我们谈话的场景犹在眼前，兄就猝然离开，现在想来，我真该让兄早日躺平，或许现在我们就不至于阴阳两隔。

正是沿着兄走过的足迹，两年前我入站四川大学与新华文轩联合培养博士后点。每次我从成都返回，总是不忘带点竹叶青，我知道兄喜欢，但兄从未拿过，兄总说放在我这里和放在他那里是一样的。我怎么能不知道兄是那么客气的人啊。兄来我研究室总是会不自觉地拿出两支烟来，一支给我一支自己点上，那享受的表情我又如何能忘记？尽管如此，我却从来都没浪费过兄递过来的那支，我不抽烟，我也每每劝兄可以少喝点酒，但是坚决不要抽烟。有一段时间，兄曾跟我说，一定要戒烟。几个月里，兄似乎真做到了，但是后来我还是发现了兄兜里揣着的香烟。我何尝不知道兄每天都熬到深夜还做不完工作时的沮丧呢？兄的爱好除了茶就只剩下香烟了。后面那段时间，我去买东西的时候也会偶尔顺手买包烟，我还劝兄说要抽稍微好点的，对健康损害小点。兄也许不知道，自从日本归国以来，我在校的时候基本上都要在研究室待到深夜。每每感觉疲惫之际，站起身透过窗户，我总能看到兄的办公室灯也还亮着，瞬间就感觉浑身都是力量，兄已几近功成，还这么努力，我又岂敢偷懒呢。

回想起来，我们似乎也确实偷过不少懒，要么是兄电话过来叫我去喝茶，要么是我电话过去让兄过来，有时候我们也去外面喝两杯。平淡枯燥的研究生活中点缀着不少美好的回忆。

兄入院的前一天晚上，我在兄的办公室，兄还说我泡茶太浓，方法也不对。兄教我说：茶如人，不能拿刚烧开的热水泡，热水一下给烫坏了，稍微放温了之后泡的茶，不仅色泽更亮，味道也更好。那天晚上兄泡了一大壶茶，那味道、那色泽确实比我泡得要好不少，我们边喝边聊到了好晚才离开。如今，茶香尚在嘴里，兄却离我远去，一幕幕回想起来，如何不让人伤感。

我忍着巨大的悲痛，打开手机看到了最晚一班的车票，恰好可以在凌晨前看兄最后一眼。我没有丝毫的犹豫，简单收拾了一下就赶往车站。

夜，沉沉的。除了“咣当咣当”声，似乎再没有其他一丝的声响。平日里四人的铺位今天也只有我一个，我第一次感到了孤独。

过去的几年中，我每天晚上看着月亮从研究室的窗户上升起，再从另一边落下，只要想到兄办公室亮着的灯，我就不会有一丝的孤独感，而如今，我不知道兄今夜在何处，是否也是一个人？兄若有灵，一定也能体会到我的孤独、我的悲痛。

天津，虽然是人生中第一次前往，但是无论如何都没有想到是去看兄最后一眼。我在黑暗的车厢中看着时间一分一秒逝去，居然没有一丝的困意，我似乎对时间都已经失去了知觉。我只是觉得我无论如何得看到兄，我怎么能接受过了这个夜晚，兄将会化作一缕灰永远地离开我。一想到今后再也见不到兄，我的眼泪就不住地掉下来，悲痛就像压在身上的巨石，让我的呼吸都变得异常困难。

过去这么多年里，我也曾经历外公、外婆、爷爷、奶奶还有其他我最亲的人的离开，可也许是自己和他们待的时间毕竟还是短，也许是我那个时候实在太不懂事，我从未有过如此的悲痛。过去十多年里，我们一起的快乐日子，兄的音容笑貌，不断地在我眼前闪现，我怎么能相信自己是在去见兄最后一眼的路上呢？

凌晨 4 点，天津火车站安安静静，孤零零坐落在黑漆漆的大地上。

早上 6 点，我见到了兄的其他几十位亲朋好友，短短一夜之间，从祖国的天南海北就会聚到天津，兄的人格魅力根本不用多说。我的眼睛有些痛，也许是因为一夜未眠，也许是眼泪流多了，看到这么多兄的亲朋好友，我似乎有点释然，兄若有灵，应该不会感到孤独，一个晚上就来了这么多人，大家都是特意赶来送兄最后一程的。只是一想到日后我有什么开心不开心的事，再也无法分享给兄时，不禁悲从中来。

7 点半，我终于赶到了兄所在之地。两位主持的悼词大概因为时间关系似乎都是东拼西凑而来，我站在人群前，多么想夺过他们的话筒，告诉大家这十几年间我认识的最真实的兄，可是那样的场合，还有那么多兄的亲朋好友，我又如何能以一己之私让大家本就悲痛的心情更雪上加霜。兄生前几十年里，东奔西走，为事业为家庭，鞠躬尽瘁，走后却被他们用那么敷衍的悼词来概括一生，一想到此，我的悲痛就又涌上来，眼泪也止不住地掉下来。

当工作人员揭开盖在兄身上的布，看到了兄蜡黄消瘦的脸时，我再也忍不住放声哭了起来。从上次喝茶后分开至今，才过了多久，兄竟然消瘦了这么多，谁又能想到我们居然是以这样的方式再见面。

这十多年里，我们有过无数次的分别，我从来都未曾把哪一次放在心上，总是想着我们还年轻，我们还有无数的下次，而今日一别我们就要成为永远，我如何能抑制自己的悲痛呢？

一上午，我都沉浸在无法抑制的悲痛之中，我不知道时间是如何一分一秒地从我身边溜走的，我甚至都不记得我是如何辞别兄离开天津的。

有人曾说，时间会稀释一切记忆，随着岁月的不断累积，对于有些记忆来说也许是可能的，但是有些记忆并不会，它一定像酒一样，时间越久，反而更醇。夜深人静之时，我总是会想起兄，想起我们的过往，想起兄办公室的那盏点亮的灯，在我心里，兄从未曾离开。

（二）

这几日，天气突然间就变冷了。凌晨，当我拖着疲惫的身躯走出研究室，一股寒意瞬间袭来，让本来有点迷糊的大脑霎时清醒过来。抬起头，校园里橘黄色的路灯闪着光摇曳在漆黑的夜里。四周黑漆漆的教学楼没有一丝的光亮，要不是我这么熟悉校园的布局，陌生人恐怕未必能分得出这空间方位。

往前没有几步就是一栋白色的四层小楼矗立在漆黑的夜空下，透明的玻璃大门紧闭，早已没有了白天的喧嚣。晚自习时三三两两徘徊在门前灯下读书的同学们此刻也不见了踪影，唯有门前几簇绿色植物那清晰的轮廓依旧倔强地挺立在黑暗中，似乎在宣示着它的存在。我习惯性地抬起头，三楼的一排房间没有一丝光亮。失落、悲伤，就像台风掀起的巨浪，瞬间翻江倒海般滚滚而来，席卷了浑身上下的每一寸肌肤。我才意识到，兄，已经不在了，那盏灯是不会再亮起来的了……

兄也许不会知道，自从兄走后，这样的场景不知道反反复复上演了多少次。这几年以来，我已经完全习惯了从研究室出门抬头就能看到兄办公室里亮着的灯，怎么一下子就改掉我这习惯呢?

兄的电话号码、微信、一切我们平日里联系的途径我都保留一如从前。不知道有多少次，我都不经意地从微信中刷出了兄的信息，时间定格在 8 月 25 日下午，只不过那条信息兄没有回复我，我打电话兄也没有回复。那几日我是真忙，要不然，我怎么就不能想到兄不及时回复我信息，不回复我电话是多么不正常的事情啊，可是我又如何想到那竟然就是我们最后一次联系呢?

前几日，一位朋友说，自从兄走后，他一直心神不宁，出入校园总是会不经意间想起兄，想起兄的办公室，想起过往的种种。我又何尝不是如此呢?几天前，我还特意去了兄经常带我去的那家商铺，老板还问我怎么这次是我一个人，说好久都未见兄了呢?我强忍着悲痛告诉他，兄最近比较忙。我怎么忍心告诉他兄已经离我们远去不会再回来的现实呢?我买了一盒兄最喜欢的那个细支的烟，装在了兜里，回到研究室。想起平日里兄点着烟，那享受的样子，我真觉得兄就在我眼前。我抽出一支点着吸了几口，想着兄要是在我身边，估计一边在劝我抽，一边又说我还是别抽健康更重要吧。可是等我回过神，研究室里还只是我一个人，兄是再也不会回来了。一支烟再怎么毒也是要不了命的，关键是那种孤独感，谁又能懂呢?

自从归国以来，我已经完全不喝高度酒了。刚回国那两年我还经常储备些各式的啤酒，兄不知道这两年以来，小朋友渐渐长大，嫌弃我喝啤酒，这一年来我连啤酒都很少喝了。可是，前几日，我还是没忍住，买了两瓶。我一个人在研究室，边喝边掉眼泪，我想起无数次我们一起喝酒的场景，想起兄喝得醉倒在桌子下，呼呼大睡。想起我醉得两天都缓不过来，都是兄帮我开车，替我工作的种种过往。一幕幕仿佛是电影般清晰地闪过我的脑海。现在想来都有点不可思议，那啤酒居然就那么好喝？此次我挑了最好的啤酒，我居然连一瓶都喝不完了。记得那次在兄家吃饭时，兄还特意拿了江西的老酒，兄说过江西的老酒好喝，为此我还特意下单买了几斤。满满给自己倒了一杯，可是半杯都没喝完，我就喝不下去了。我以为是冰凉的缘故，还把剩下的那半杯加热了一下，但最终还是没喝完。我知道，自从兄走后，这一切都已经变了。要想回到从前几乎是不可能了。

停车场，我拉开车门坐上驾驶位。一下子想起了刚回国那会儿，兄陪我练车的场景。虽然彼时驾照我都换过一本新的了，可是真正开车上路都是得益于兄给的胆量。暑假的一个午后，空气中充满着燥热，校园里空荡荡的没什么人，我约了兄教我练车。兄把自己平日里都舍不得开的车开到了北区的校园马路上，然后就坐在了副驾驶上，指挥着我启动开车。虽然考驾照练车的时候，我是多么刻苦认真练习过，但是距那会儿已经过去了七年之多，我已经没有一丝开车的感觉。兄指挥着我启动的瞬间，我的心似乎都跟着车要跑起来。5 迈的速度，我都觉得实在是太快了。兄看我紧张的样子，一直在给我打气：马路上也没什么人，只管踩着油门前进就是。我一直在低头看着迈速表，看着脚底下的刹车和油门，生怕搞错，酿成大事故。可是兄似乎完全不担心，一直在给我宽心，偶尔也帮我拨正一下方向。尽管如此，刚开始的时候，无论我的内心还是手里握紧的方向盘，似乎都不受我控制，我紧张地屏着呼吸，盯着车外缓缓驶过的马路，一圈儿又一圈儿，我们围着校园转了好几个圈儿，我才终于把速度开到了十几迈。自那之后几个月，我就可以独自开着车晃晃悠悠地上路了，可是无论什么时候，只要我坐上驾驶位，我总会想起那个午后兄陪我练车的场景。我买车后，兄一边心疼我花了不少钱，一边也确实高兴了好久。自此之后，我们一起出行没有特殊情况都是开我的车。再后来，兄就经常给我提起，也想把自己的车稍微升级一下，换成新款的帕萨特。兄说自己过去在乡下的时候，县里、市里的高级干部下乡，基本都开帕萨特，看起来特别威风，于是，那款车就成了兄的奋斗目标。之后，虽然我们一起也去 4S 店看过几次，但是兄最终还是没舍得换……

回国以来，一方面得益于留学期间养成的习惯，另一方面是工作，我几乎成了研究室的“钉子户”，没有特殊情况，基本不出校门。兄看我经常蜗居，时不时来劝我出去走走。可是，一来我离开当地多年，并未形成十分密切的关系网，二来我也不是当地人，又不喜欢出去玩，所以也无太多可走之处。兄大概也知道我的情况，每次回老家都不忘问我一声。

记得第一次开车去兄老家泰和的时候，我还没买车，兄开自己的车带我去。一路上兄都在给我讲述他的成长经历——小时候在乡下种田的辛酸经历，曾经就读的中学、大学，以及大学毕业后兄曾经工作过的中学情况。兄从乡下的高中考进大学，又从乡下中学老师成功跨考研究生，之后任教大学，继续读博，直至博士后，兄不懈的奋斗经历就是那一代人靠着个人勤奋读书走出乡村的一个典型，一个时代的缩影。不仅激励着我，我相信也激励着所有兄身边的亲朋好友。

兄不知道，每次去泰和，都会刷新我对兄的认识。兄的好友真的多啊，每每想起来我都羡慕不已。老舍曾说，“一个人的生命，一半是活在朋友中的”，而在泰和，我感觉生命全部都是活在朋友中的。每次我们还没出发，好友们就已经给兄安排好了饭局，每次还都是不同的人。按照兄的话讲，在县里待一周每餐饭都会有好友安排，而且也不会重复。现在想起来，这一方面说明了兄的能力，另一方面更折射出兄的人格魅力。正是兄的上进、踏实、忠厚、善良、大方、处处为他人着想，才能为兄赢得这么好的人缘。

每次回乡下，兄最念念不忘的是八十多岁的老母亲。虽然同为人子，可是我离家几千里，平时也难得回去，也就难得有那么多顾虑。而兄既有小家，还得照顾大家，距离又不远，难免会产生一些磕磕绊绊，每次说起来，我都替兄着急。孩子上高中后，兄在校园里的房子也基本空了出来，兄说过好多次，想把老母亲接过来尽几天孝，毕竟 80 多岁，谁也不能预料之后。更何况，据说老父亲过世后，这些年一直都是由大哥代管，自己心里也过意不去。兄的想法我当然鼎力支持，兄也似乎一直在努力，未曾想努力还未有结果，兄竟然就先离开。这几个月以来，一想到此，我的眼泪就禁不住落下来，这世界上，哪个人不是父母所生，更何况我们这些从乡下走出来的孩子，父母当年为我们读书付出了多大的代价啊！我想起那次兄带我去看老人家的情景，想起老人家要是知道了兄的情况，该是多么悲伤啊！前几天，我还特意问了大哥，据说兄之母亲大人身体安康，兄在九泉之下想必也可以稍微安心了。

又到了一年一度的国家社科项目申报季，自从前年我侥幸中标之后，看得出来拿下国家项目也是兄的短期目标。想起来我们有很多的时间其实都在讨论研究问题，尤其是我的研究与兄的研究的差异。我每有文章写成，总会先发给兄过目。而兄的文章或项目书也会发给我。去年兄的国社申报书发我之后，我认认真真拜读了好多遍，愣是没给兄看出一点问题来。记得一周多之后，兄特意打电话问我看的结果如何之时，我就老老实实回复兄，我真没看出问题来，我觉得兄这次这个申报书一定能中标。半年多的时光转瞬即逝，9月中旬，国社公示立项的时候，我一眼就在当中找出了兄。所有的努力都不会白费，想起兄当年读博的艰辛，后来发表的文章，以及兄在学报、在马克思主义学院工作岗位上付出的种种，也该到了收获的季节，我真觉得对兄来说国社中标那不过是迟早之事。就像前几日公示的省社科奖一样，从申报之初，我就没觉得会出什么意外，这都是兄这些年辛苦的结果，一切都在预料之中。这几年来，我一直很相信自己的判断，可是在兄的病情上，我可能真的过于乐观了。兄还那么年轻。

兄的突然离开，留下了一堆未竟的事业、太多的遗憾，无数的美好记忆。我们没有浪费过那些宁静而深邃的夜晚，但是从此我永远失去了与兄共同前行的机缘。生命虽然短暂，但兄用自己不懈的努力，创造出了无限的价值，穿越时空，成为永恒，回想起来，一缕缕、一桩桩如何不让人动情，不让人思念。

寒风凛冽，请捎去我对兄的思念。

大疫小记

（一）

时隔已近三年，依旧清楚地记得2019年12月5日下午陪一位日本朋友从恩施飞抵武汉，在武汉理工大学附近和几位师友相聚的热闹场景。当晚，托付好日本友人后，因为第二天有事，餐毕即赶往武昌站，返回了江西。

十多天后，关于武汉的各种传言四起，我一边紧张地在网上检索着相关信息，一边半开玩笑地给日本朋友打了电话，询问是否留意到关于武汉的传言以及身体状况。得到的答案是传言已经传入日本，只是身体并无异常。我的心稍微放了下来，看来传言终归是传言。

然而随着农历新年的临近，曾经的传言终于化为了一场前所未有的疫情。在寒假到来前，吃光了家里所有的食物储备，准备回老家迎接新年，毕竟自从出国留学后一晃近7年，加上之前，近10年都未曾再回家过年。可就在准备出发的前一天晚上，看到了武汉封城的消息，那一刻的震惊完全无法用语言来形容，武汉，那可是"九省通衢"，在中国都是非常重要的交通枢纽，临近过年，说封就封，看来形势不是一般地严峻。我再次仔细回顾了过去一个月的生活，身体好像确实并无任何不适。我退了票，赶紧去超市又采购了一堆食物。

之后各地开始紧锣密鼓地排查武汉返回或有武汉旅居经历

的人员。其时，我已经返回一个多月，超出了排查范围。疫情，就那么突如其来地席卷了华夏大地。

正值寒假，学校实行了封闭管理，虽然校外各地物资紧缺的消息时有耳闻，但是得益于校园超市的存在，生活基本并未受太大的影响。不仅如此，校园虽然封闭，但是校内可以自由活动。于是，生活就简单地只剩下研究室和家了。似乎除了吃和睡之外，研究室就是生活的全部。我可以有大把的时间思考、沉淀过去几年的留学生活。

平静的校园生活在新学期开始后依然平静，由于疫情，所有的师生不准返校，所有的教学都改在了网上。寒冷的冬天虽然已经过去，但依然感受不到丝毫春天的气息。昔日人声鼎沸、热闹非凡的校园仍然没有一丝的生气。

直到草长莺飞、杨柳醉春之时，校园里每日还只是我孤单的身影。没有了纷繁杂沓的脚步，地上的草开始疯狂地长，就像心底里的疑问，所有的人在内心里都已经埋藏了无数的问号——什么时候我们才能回到过去，回归正常？

而失望则永远与期待成反比，当春天终于姗姗到来之时，疫情已经让邻国日本也措手不及。昔日稀松平常的口罩成了稀缺物资，虽然当时校园里仍然实行固定的配给口罩，我还是通过朋友的渠道给日本的友人寄去了一大箱。电话里我们都在感慨，生活似乎再也难以恢复到从前。原定的所有计划在一延再延之后，变为不得已的取消。

而出门再也不是买票就可以走人那么简单，似乎更成为一种近似于奢侈的享受。于是，只能一边深深怀念着过去自由的生活，一边渴望着明天就能恢复正常，但是与疫情共处的生活还是成为“常态”。

两年的时光一晃而过，许多人似乎都已经习惯了这样被称作“常态”的生活。

8 月中旬，接到南方红军三年游击战争胜利暨新四军组建 85 周年理论研讨会主办方发来的出席邀请之时，考虑到疫情及交通状况，我确实犹豫了好久。但是一想到会议可能的盛况及这半年来自己积累的关于新四军的不少资料，我终于下定决心去看看，为减少可能的风险，我决定自己开车。

一切都是那么顺利，返回家时虽然已有耳闻附近县城的疫情消息，但是我根本就没放在心上，毕竟我们已经与新冠共存了近三年，在这当中，地球既没有停转，太阳也照常升起，我就是这么乐观地想着。但是形势似乎远超出了我的预料，早上出门明显可以看到周围的邻居们扛着大袋的米，手里还有满满当当的大包小包的物资。我还暗暗嘀咕着，难道还有一天连吃喝都买不到吗？

一边嘀咕一边还是去了超市，除了要出示健康码、行程码之外，还要 24 小时核酸结果。看着有人被挡在了超市外，我庆幸自己这几年做核酸一向是非常积极的。毕竟从 80 元一次的检测，到 40 元一次，再到 18 元、10 元、8 元、5 元、3 元，付费都做过这么多，现在免费还有什么理由不积极呢。

殊不知进去超市才发现，里面早已人满为患，超市门口的肉摊前也是人潮汹涌。我挤到菜摊前，拿了 3 个萝卜、4 个土豆，万一真到了非常时期，这东西耐吃。本来想买几个鸡蛋，问了超市售货员才知道，鸡蛋已经被抢断货几天了。几分钟后我就出了超市，门口的肉摊再也不见了人潮，明明进去时还看到有那么多的肉，现在已经好像被“洗劫一空”，我有点失望地踱回了家。

当天夜里，市里的封控消息终于公布，预料之外似乎又是预料之中，小区的大门也被关上不准进出，两天后楼下的喇叭开始叫喊“足不出户”。疫情就这样突如其来地再次搅乱了生活。

认为自己就是那种“足不出户”生活的人，“宅”对我来说没有丝毫的困难，更何况我屋里还堆了那么多尚未开封的书。我炒了个萝卜吃了一天，第二天炒了个土豆，又吃了一天，第三天我翻箱倒柜地把屋子底朝天地搜索了一遍，搜出了两包挂面、一包方便面、一盒咖喱，更重要的是冷冻室里居然还有点肉。我高兴地炒了两个萝卜、两个土豆，做一锅咖喱，接下来整整吃了两天。

而市里的封控却是越来越严，丝毫看不到松缓的迹象。当我把仅有的两包挂面和方便面吃完后，开始慌了。两个土豆一天一个也只够吃两天，书架上的书，我的精神食粮似乎在此时也起不了作用。我开始翻看手机上政府公布的物资采购渠道。按照指引把所有的网上渠道都试了一遍，要么是订单已满，要么是无法下单，关键时候，真是没有一个有用的，更加无法想象的是我居然没有小区里的任何联系人或者网络群，生活好像和我开了大玩笑。

平静的生活再也不能平静，早上天还未亮，就听到了楼下做核酸的医护及志愿者们说话的声音。我望着窗外，第一次那么渴望走出屋门，走出小区。当大喇叭里终于传出来“下楼做核酸”的声音时，我毫不犹豫地冲出了屋门。我第一次这么深刻地意识到自己其实并不完全属于“足不出户”型。

楼下的篮球场上，夜幕刚刚褪去，蓝色的天空透出丝丝光亮。穿着红色志愿者服装的工作人员排成一排，正等待着全副武装的“大白”做核酸。这几日以来，每天都是，只是此刻我的心情却有点不同。借着“大白”做准备工作的空隙，我赶紧凑到了旁边的一位志愿者前，那位志愿者看着我走近，似乎有点紧张，往后退了两步，看着我没有停歇的意思，他停了下来。当我告诉他我生活物资的窘迫状况时，他似乎有点不太相信，但最终还是允许我做完核酸去物业问问。

篮球场外不远就是赣江，沿着向前几百米就是物业，如果是平时我肯定踱着方步、不慌不忙地走过去，而现在我可没这心情，我迈着大步似乎没两分钟就到了物业门口。门，是开着的，但是里面却没有一个人，我出来时，听着旁边有人喊我：“还早呢，物业没上班。”我沮丧地耷拉着脑袋原路返回。

宽阔的江面上看不到任何船只，大概疫情让水上的生活也停顿了吧，除了小区里面大喇叭里传来“下楼做核酸”的声音，再也听不到任何其他的声音。稍远处的大桥，不见昔日的车水马龙，孤零零地耸立在江面上，此刻似乎已经再也找不出它存在的意义。江的对岸，一座座高楼矗立在辽阔的天空下，背后则是挺拔的群山，直插云霄，似乎是连接大地与天空的脊梁。我被这眼前的景色迷住，停下了脚步，我好像第一次看到、感受到小区外居然有这么美的风景。

山，虽然也是连绵不绝的群山，但是在湛蓝的苍穹映衬下，轮廓的起伏非常明显，伏卧在江的对岸，像是一条巨龙。巨龙的头部恰好有一座山峰高耸，直插天际。单从这座山峰的体量来看，它似乎远不能与任何的名山做比较，但是在清晨，那黑黢黢的身躯卧在天际，山顶上，笼罩着几缕薄薄的云霞，那身姿一下子就让人想到了日本的富士山。我没有丝毫的犹豫，拿出了手机，把相框对准了那座山。

就在此时，更加神奇的事情发生了，山顶的云层里忽然泛起了红光，刚开始还是一丝丝、一缕缕，渐渐地开始扩散成为条带状，条带的中间则泛起了更亮的白光。近处的江面上，此时也泛起了粼粼波光，向远处望去，一层又一层，仿佛那不是水，而是宽幅的绸缎。

这几年，虽然每天都起得很早，但是日出我还真没有看过。日常的琐碎生活早已磨平了所有激情，努力生存，拼命生活俨然已经变成了日常的全部。而这不期然的疫情却给自己的生活踩下了刹车，让脚步不得不慢了下来。

生活一旦慢了下来，处处皆是美好，虽然此时物资的窘迫问题仍未得到解决，但是我似乎早已忘却了它带给我的慌张。江对岸这山头上的日出，已经让我忘却周围的全部。

当那山顶的红光逐渐泛白之时，山头上红红的太阳已经探出了脑袋，就像小孩子躲在桌子后面捉迷藏一样，还没看到眼睛之时，就已经看到他小小的头。此时的江面开始泛起了红光，随着山后太阳的探出，江面上也马上浮出了一道亮光，而且越来越亮，直到太阳完全冒出山顶。

我惊喜地看着眼前的景象，完全已经忘却了我置身何处，我似乎早已经忘记了疫情、忘记了物资紧缺带给我内心的慌张。那山、那日出、那红彤彤的江面，令我早已完全沉浸其中。

一艘小船就这样悠悠地驶入了我的眼帘，我可以清晰地看到一个人在船头划着桨，一下又一下行驶在江面上。太阳越升越高，像个火球一样镶嵌在山头上，光照越来越强，江面也被阳光照成混沌一片，要不是那艘小船，已经分不清哪里是水。

我痴痴地望着，早已经忘记了时间。忽然背后有人在喊："做完核酸的赶紧回家"，我左右看了一下，并无任何其他人，那声音分明是冲着我来的。

我笑着点点头。猝不及防的疫情虽然打乱了生活，但是不期而遇的美好却让自己重新收拾好心情。此时此刻，我还有什么不满足呢。

以后每天早上的核酸，我却更加多了几分期待，核酸毕我都会遛到江边，去观看江对岸山顶的日出。"足不出户"的生活里，连这都已经成为奢侈。

两天后，我第一次收到了通过物业预约的物资，虽然萝卜变成了 5 个，但是好歹还有点肉，还有黄瓜，还有两个叶菜，我的邻居听说了我的窘况还特意送来了 6 个鸡蛋。

大疫第三年，原以为与疫情共处的生活已经是常态，可真没想到连这样的常态也可能在某天忽然被改变，连看个日出都能成为奢望。我想起了曾经深处旋涡的武汉，想起了许多"静止"过的地方，那些崩溃的人，支离破碎、不堪一击的生活，每当此时，2019 年 12 月武汉与朋友相聚的热闹场景就更加清晰地浮现在眼前，回不去的始终都是过去。

（二）

时隔近一个月，窗外的马路上终于传来了汽车驶过卷起的呼啸声，楼下的篮球场、附近的儿童公园里也终于传来了孩子们的嬉闹声。虽然小区大门口还是紧闭着，但是开放的曙光已然近在眼前。

过去的这段时间里，每天早上5点，窗外的篮球场上就传来窸窸窣窣的声音，刚开始还是隐隐约约的，似乎只有顺风才能吹进沉睡的耳朵，没过多久，声音越来越大，人也越来越多，根本不需要风就能灌入耳朵，于是，无论多么香甜的美梦此刻也会被吵醒。其实纵然不醒也没关系，因为紧接着就是喇叭里传出的一声比一声急促的"起床啦，下楼做核酸啦"，完全不用担心你在做任何美梦，有时候甚至觉得哪怕是沉睡多少年的灵魂也能被那喇叭里传来的呼唤声叫醒。不仅如此，喇叭里的声音从来都不是从一个固定角度传来，而是环绕声，从头到脚，从左到右，在寂静的清晨响彻整个小区，穿过紧闭的窗户，钻入房间，渗入整个人，连皮肤似乎都能听到，每到此时，总会下意识地拉一下盖在身上的薄毯，抚摸一下竖起的汗毛。辗转左右，无论多么困也不会再有丝毫的睡意。

习惯性地蹑手蹑脚拉开黑乎乎的窗帘，两道亮光瞬间照过来，那是篮球场上的照明灯。往上看去，天，黑乎乎的透出微微光亮。向下望去，灯光下是忙碌的"大白"和身着红色马甲的志愿者们。这个点，他们已经做好了今日小区的核酸采集准备工作，而我只需要下楼，张嘴，"啊"一声也就完成了检测任务。一来是这个任务难度不大，二来显然工作人员比自己要更辛苦，我还有什么抱怨的呢？

披上衣服，简单地洗漱一下走出了门。楼道里黑漆漆的，要不是这么熟悉，估计陌生人都会被这漆黑吓到吧。楼道里的灯是触摸的，我甚至都懒得抬手，就这么下到了一楼。刚到门口，就看到了一辆小电动车，车前筐里静静地躺着一个喇叭：“起床啦，下楼做核酸啦”声音显然正是从那个喇叭里传出来的。我向着电动车上黑乎乎的人影点个头，算是打个招呼。事实上，直到此时我人虽然已经到了楼下，可是感觉还没醒过来。头，还是晕乎乎的，胃里，好像醒来太早抑或夜里受凉，有点酸味渐渐泛起来。时值初秋，顺着江面吹来的凉风会冷不丁地让人打个喷嚏，几次之后，我总结好经验，出门时总不忘手里捏几张餐巾纸。

转过楼栋就到了篮球场，两条黄色的隔离标志线把篮球场隔出了三条采集核酸的排队道路，从来都不用怀疑，我一定是第一个，每天都是，除非我自己不想很早去排队。理由很简单，我从来都不是个爱睡懒觉的人。

生在农村，长在农村，从来都是天还不亮就被父亲从被窝里拎出来跟着下地干活，日复一日，年复一年，自然就养成了早起的习惯，一直到后来读书、工作都没再能改过来。无论深夜熬到多晚，早上一到点总会准时醒过来。所以这个点采集核酸，对我来说其实根本没有任何压力，要放在平时我也早醒来了。留学的那几年，有两年的工作我选择了凌晨 3 点至 7 点的工作时间。

可是，现在我却满心都是不情愿，浑身上下不乐意。要知道刚开始“足不出户”的那几天我可完全不是现在这样。就像平时，每天日出日落，我从来没觉得有必要有心情去到江边观赏一下，唯独在“禁足”的日子里，我却多么奢望可以在江边自由自在地观赏日出、日落。人，也许都是这样的，只有失去的时候才觉得珍贵。明明小区可以自由出入的时候，我可以在家连着"宅"上数日，而一到"禁足"，却总想着往外走。虽然明明知道走出去，按照我这生活方式，也无想去之处。可是更加不可思议的是，这想法却随着"禁足"时间的逐渐拉长，也越来越更清晰地萦绕在心头。

我相信如果没有那急促的喇叭声，我从来都没觉得早起能成为问题，可是偏偏它一喊叫，我就越不想起床，越觉得没有睡醒，随着时日渐长，也越觉得痛苦。这几日以来，我甚至觉得自己神经都有点衰弱。

走进黄色的隔离标志隔出的排队道，拿出手机出示二维码，旁边的志愿者熟练地一扫，在"大白"面前，稍微下蹲，张口，"啊"，大功即以告成，我转身就往江边走去。自从"足不出户"以来，每天"放风"的时间就只剩下早上的这个机会了。我绕到小区的最外面，江面上静悄悄的。事实上，自从城里"封控"以来，整个世界都仿佛安静了下来，无论是白天还是黑夜。没有"喇叭"赶的日子，我还可以多走两圈，而一遇到"喇叭"喊着"做完核酸的赶紧回家"的时候，就只能磨磨蹭蹭地走向家的方向。

几十年以来，似乎从来都没有这么不情愿地踏上回家之路，我一边走一边思索着，人，果然还是社会性动物，人生几十年，我第一次这么深刻地重新思考自己。最近每天早上回家，总会斜倚在沙发上，一边听着喇叭里传来的反复催促下楼做核酸的声音，一边听着窗外走过的人声，心里越发不能平静。

过去的这些天里，已经不记得有多少次，听到窗外小区门口的人吵架。每到此时，我都会不自觉地再次深刻地认识到"自由"绝不是单纯的、抽象的哲学概念，无论是对于灵魂还是肉体，无论是哪个人。甚至有好几次，早上的喇叭声一响，就听到有人在窗户上开骂。起初我还觉得是不是有点大惊小怪，而后来当我看到朦朦胧胧的篮球场上拄着拐杖走过来的颤巍巍的老爷爷、老奶奶，三个多小时持续的喇叭声，连我都感觉不能忍受的时候，对他们该是多么难熬的一段时光啊。

这个时候，除了这么早长时间的喇叭之外，我们真没有更好的办法了吗？答案显然不是的。难道这期间只有我一个人是这感觉吗？显然也不是。可是为什么会这样呢，我不得而知。

翻开手机看新闻，附近的又一座城被封了，朋友圈里都是彼此“加油”的鼓励。窗外，孩子们的嬉闹声此起彼伏，耳边不时传来外面马路上汽车驶过的声音，我似乎已经听到了这座城市觉醒的声音，明天早上喇叭里还会传来催促的声音吗？

带娃的日子

（一）

最近经常在想，尘世间，真是有许多事让人意想不到。比如，我自己是双胞胎，居然又生了双胞胎。再比如，某一天，我居然当起了家庭“煮男”。我把这一切的意外都归于“天意”，毕竟有很多因素并不是自己能够掌控的。

每天，刚过5点，天还未亮。家里已经有人在轻手轻脚地洗漱、收拾，准备早餐，不用说那一定是“煮男”我。吃什么喝什么，那都是在前一晚已经和孩子们商量好的。黑米粥、豆浆、鸡蛋泡泡、面包、鸡蛋饼，是近来吃得比较多的。面包虽然最省事，但是最容易招致他们的奚落：“老爸的早餐也太敷衍了。”所以除非是他们体谅我做早餐辛苦，面包是吃得最少的。豆浆得半小时，必须提前做好，还得放置一会儿，这样才能保证他们醒来后温度刚合适。鸡蛋泡泡得现做才好吃，也比较费时间。但是为了得到一句“不敷衍”的评价，为了对得起这难得的家庭“煮男”身份，哪一样都不能马虎大意。

“敷衍”这词据说也不是孩子们“原创”。只因为学期初还没适应这“煮男”生活，有几天早上给备了几个包子，结果小姐姐和同学私下交流，问到早餐的时候，说是给备了个包子还让自己在微波炉加热，而同学的妈妈居然给备了稀饭。稀饭当然比微波炉热包子麻烦多了，这么一比，我费心准备的早餐就被定义为“敷衍”了。某一天，小姐姐和我说起时，我还真委屈了一把，因为我知道孩子们是一向不喝稀饭的。为了改变一下形象，小姐姐也大半是因了同学的稀饭，当天就商量妥当，第二天早上我备好了黑米粥，当然，此后的早餐也丝毫不敢再敷衍。

家里虽然定了好几个闹钟，但那只是为了提醒孩子们，比如6点多的闹钟是专门为小姐姐准备的，这个点她该起床了，6点50左右她就得出门。7点多的闹钟则是为俩小弟准备的，这是他们的起床点。早上的时间宝贵，我又比较忙，没个提醒，孩子们自己心里也没个底。

送完小姐姐上学（其实完全可以不送，但是一来书包太重，二来难得的亲子时光），回来的路上正好路过菜市场，每天的菜基本都是那个点采购好的。所以需要买什么、准备什么那都得提前考虑好，买了迅速撤离，根本没有余暇浪费在这上。等返回家的时候，恰好是俩小弟起床，直到7点50左右，送去上学，忙活一大早的脚步才终于可以慢下来，当然也意味着自己的工作模式开启。

一周中有两天是需要准备午饭的，因为时间比较紧张，根本没有多少时间，一般也是提前就计划好。孩子们不喜欢吃胡萝卜，考虑到均衡营养，有几次都是将胡萝卜切成米粒大小，做个蛋炒饭之类的，方便快捷。

每天下午的饭最不能将就，也是最考验能力的。不仅花费时间久，而且做什么、如何做也是非常讲究的。孩子们唯一会主动提出想吃的就是咖喱饭，也只是偶尔做一次，大部分还都得自己琢磨。要命的是自己会做的菜也就那几样日常的，而每餐都至少准备两三个菜，于是一周后就发现“江郎才尽”，不得不求助于家人、网络，学着做一些之前未做过的，他们又可能比较喜欢的。荤的、素的，南方的、北方的，面食、炒菜，牛肉、猪肉，未当“煮男”之前，真没有发现做菜有多难。可自从成为专职“煮男”以来，有好多时候都在思考该如何搭配做菜。的确，这生活中哪样不是学问呢？每当我脑汁用尽，求助孩子们的时候，他们总会来一句，“老爸，你应该去学厨师的嘛”，我就知道，我又问错人了。

有几天，他们居然主动提起了想吃牛肉，我琢磨了几天，不敢下手。一来是完全没做过，二来晚上的时间也不是那么宽裕。那天下午，接俩小弟的路上，顺道去了一下超市，旁边一位妈妈正提着一块牛肉出来。那牛肉看起来还真不错，我走到肉案前，鲜红的牛肉就躺在那里。于是，毫不犹豫要了二斤，回家后打开手机，照着操作起来。葱、姜、蒜、料酒、生抽、老抽、蚝油、八角、桂皮、香叶，要不是亲手做，真没想到平日里厨房储备的调料居然有这么多。半个多小时之后，牛肉终于下锅，我松了一口气，成败暂且不说，念叨了这么久的牛肉总算是有了着落。一个多小时后，牛肉出锅，据吃嘴们反馈说很不错，悬了好久的心才终于放下来，看来用心做啥也还是能做好的。

在所有的蔬菜里，我对西蓝花（日语ブロッコリー）情有独钟，即便孩子们已经忘记了大部分日语，但是只要我说这个词的时候，他们还是能够迅速明白我在说什么，仔细想来，也许正是因为这个菜似乎是在日本期间进入了我们家的餐桌，尤其是西蓝花炒鸡蛋，更是隔三岔五就会出现的一个菜。

记得俩小弟还在日本上托儿所之时（三岁以下），有几天的下午，是由我来接他们回家。我总是会提前几分钟回家，先备好菜，把西蓝花焯水后放在盘子里。只等他们一回家，我就可以下锅炒了。印象特别深刻的一次是，当我把他俩接回家安顿好，就忙活着把鸡蛋炒好，准备下锅炒西蓝花的时候，刚转头就被眼前的景象给镇住了。摆放在桌子上的盘子已经被洗劫一空，两个人手上抓着一把之前焯过水的西蓝花正在往嘴里塞。我一边心疼娃可能饿了，一边暗自欢喜，看来很合孩子们的口味。自那之后，西蓝花就成了家里饭桌上的“常客”。

所有的辛苦付出都是值得的，尤其是当看着第二个菜刚上桌就发现第一个菜已经被“扫荡”一空的时候，满满的成就感瞬间爆棚。餐桌不仅成了考验“煮男”厨艺的重要见证，也是家里最热闹的地方之一。

每天，“千呼万唤”总算把俩小弟召集在餐桌前的时候，基本上也是小姐姐回家的时刻。她一边进门一边开始招呼着，又给俩小弟带了什么。于是，俩小朋友一拥而上，小姐姐则不慌不忙，书包往自己房间椅子上一放，就坐在餐桌前，一边从口袋里掏东西，一边则像打机关枪似的，开始说起学校里一天的生活，某某老师、某某同学、某个课堂、某个题、某个考试，而在一旁插不上嘴的俩小弟往往急得大喊大叫，我也只能一边安抚着吃饭，一边不时地应答几句。这难得的热闹场面，我如何不珍惜呢？

毕竟孩子们的表达欲望也就是这几年，等他们再长大点了，恐怕让他们多讲一句都不一定愿意呢。事实上，不止小姐姐如此，家里的俩小弟又何尝不是如此呢？

每天，我去接他们放学，两人都是飞奔至我身边，一人抓着我的一只手开始抢着给我报告学校发生的大大小小的事，学校的生活、学习，同学们的喜、怒、哀、乐，甚至哪位同学有什么外号，都要抢着告诉我，生怕我错过他们讲的每一个细节。当然，有时候他们彼此也会告对方的状，我也总是装模作样地对表现不好的大加批评。

有一天，不记得说啥事情的时候，最小的小弟突然对我说："老爸，你生气的时候可凶了。"我心里一震，马上问道："我怎么凶了呢？我啥时候生气了？"他马上学着我的样子做起了示范，末了还来一句："哼，还说不凶。"我看着他表演的样子，一边忍不住笑起来，一边说："那你不能别惹我生气啊。"他一脸无辜地说："我知道我不对，可是有时候我忍不住啊。"我心里想，看来这自觉性还可以，起码还知道自己做得不好。"那就努力加油做好哦。"我回应道。

家里没有电视，有的只是各种各样的书籍。有次，我打算去济南出差，和孩子们商量再三，最终决定一同前往。主要原因就在于他们还在未去之前就都拿着老舍的散文读了起来。《济南的冬天》《大明湖之春》《趵突泉》，还没出发，几个人就已经开始热烈讨论上了。那几日里，家里谈论最多的就是老舍和冬天的济南。

周末，一般都是在研究室里度过的。他们做自己的，我做我的。一天，最小的小弟突然提出要用电脑，我满脸狐疑地盯着问："会用？"回复是肯定的，据说信息课上不仅学了，还学习了打字，他想练习。这好办，我马上打开另一台电脑，他兴奋地告诉我，他不仅要练习打字，还要给我写篇小作文。

一下午的时间，他坐在电脑前都没怎么动过，快到做饭时间，我打算撤离，据说辛辛辛苦苦也只写了一半多，看着他不舍的样子，我问："要不我把你这个存着，回家后继续写？"他一听，马上高兴地起身，把位置让给了我。我坐下来，打开电脑邮箱，把写的保存在附件发送给自己。就在我刚要点击发送的时候，他站在身边，一声大叫："爸爸，这个文章的作者是××远，不是霍耀林。"我一听，先是一愣，看看他，再看看电脑，忍不住笑出了声。没想到这小家伙还这么在意自己的"著作权"啊。我马上解释说，我只是发给了霍耀林，你还是作者呀。他点点头，嘴里嘟囔着："爸爸的电脑真神奇，哪里都是爸爸的名字。"

回家后，他马上端坐在电脑前，又开始接着写了。可惜，家里的电脑许久未用，不仅速度奇慢，而且隔几分钟就要更新一次，直到我把晚饭准备好，他的文章还是未写完。我只能一边佯装着"咒骂"了几句电脑不给力，一边商量着说，"要不用笔接着写？写在爸爸给你的那个好看的笔记本上"。他听了，思考一下，就答应下来。

等我晚上从研究室回家的时候，就看到他桌子上写好的摊开的笔记本。

作文是这样的：

小故事

贪吃的小王

有一个小孩子，叫小王，才三岁，他很贪吃。有一天，他来到朋友小明家，小明正在吃饭。忽然，小王指着糖，说："小明，给我点糖好吗？"小明说："这是沙子。"小王听了，立马不说话了。

接着，小王来到朋友小花家，小花也在吃饭。忽然，小王指着面，说："小花，给我点面好吗？"小花说："这是柳枝。"小王听了，立马不说话了。

然后，小王来到朋友小零家，小零也在吃饭。小王边指着面包边对小零说："小零，给我点面包好吗？"小零说："这是石头。"小王听了，立马不说话了。

再接着，小王来到朋友小鹏家，小鹏也在吃饭。同样，小王指着三明治，说："小鹏，给我点三明治好吗？"小鹏说："这是铁片。"小王听了，立马不说话了。

最后，小王来到朋友小莛家，小莛也在吃饭。小王指着田螺说："小莛，给我点田螺好吗？"小莛说："这是蜗牛壳。"小王听了，立马不说话了。

有一天，小王把大家召集起来，说："我不贪吃了。"大家都难以置信。

这天，小王来到小明家，小明果然发现小王不贪吃了。小王来到小花家，小花也发现小王不贪吃了。就这样，小王一天天改正贪吃，从此，小王不贪吃了。(××远)

第二天，小朋友眼睛一睁开，就问我看到他写的作文没有，我说我认真地读了，写得很好，只是有几个地方不懂。比如，为什么小王听了后，就不说话了呢？回答说，因为他才三岁，他不懂呀。那后来他为什么不贪吃了呢？回答说，因为他意识到了他们都在骗他呀。我点着头，看来这作文还经过了思考。我再问，那这题材是哪里来的呢？小朋友马上兴奋地告诉我说，是他在书上看的，还打算再写几篇呢，所以这个是故事一，后面还会有故事二、故事三等。

我点点头，看来平常的书总算没有白读。

自从小朋友迷上航天以来，看的书越来越专业，让我也倍感压力。有一天回家路上，小朋友突然问我，宇宙有几个速度呢？我一下震住了，宇宙有几个速度，我这学文的怎么会知道呢？装模作样地敷衍着回答了一下，马上就被小朋友反驳了。糊弄不过去的时候，就马上拿出手机查了一下，才知道宇宙有四个速度。然后重新给小朋友回答了一遍，他才总算满意了。

可是，没过几天，就又来问我，牛顿写了啥书呢？要不也买几本回来。我想起来家里之前买过霍金的《时间简史》，我马上问霍金的那本看了吗？“看了，看了好几遍呢。”我点点头，看懂没看懂姑且不论，反正买了自己是没翻看过的。自己不翻，但不能不让小朋友不翻啊，看着“双十一”就要到了，我马上给购物车里多放了几本天文、物理、数学方面的科普书。在“全民鸡娃”的时代，好歹也给我未随大流的内心找了点安慰。

带娃的日子充满艰辛，当然不只是吃喝的麻烦，哪里能忘记小朋友们同时发烧时的手忙脚乱；带娃的日子也充满快乐，不仅分享了他们每天的快乐，还见证着他们一天天的成长。每天上学的时候，我站在远处目送他们进入校园时，看着小朋友一步三回头地给我摆手，瞬间觉得带娃的日子是甜蜜、幸福的，爱真的是双向的。

记得以前在日本的时候，每当说起养育孩子压力大的时候，邻居的日本人总是及时回复一句，“子供は宝物だ”（孩子就是宝），我一边点着头表示认可，一边却在心里嘀咕，（宝物）宝也没见得日本人多生几个（日本的少子化形势严峻）。想来他们也只能是一边享受属于自己的快乐，一边看着别人带娃的快乐。带娃的日子虽然辛苦，虽然有压力，但若不是自己经历，又如何能懂得其中的快乐、幸福与甜蜜呢？

（二）

上午，正在研究室埋头工作，忽然手机屏幕亮了（日常均为静音模式），一看是小朋友的老师打来的，心里一惊，难道小朋友又在学校捣蛋了？一边在琢磨一边毫不迟疑迅速接了起来。电话那头传来老师熟悉而又带点焦虑的声音，小朋友……

电话挂断后，我的心久久不能平静。几天前是我主动跟老师联系，让老师帮忙留意一下孩子的在校表现，没想到这么快就收到了老师的反馈。

这学期开学以来，也不记得从什么时候开始我就注意到了小朋友的异常。最早还是小姐姐提醒我说，小朋友怎么最近总是有各种各样的笔，问我是否给买过，我说没有呀。那这笔是哪里来的呢？问小朋友后，说是朋友给的。我说礼尚往来，那你给朋友什么了呢？回答说给了的呀，是用玩具交换的。我也就没在意，心想大概是小朋友们看着好奇，就交换着玩一下吧。我简单地说了几句，要求小朋友们必须要有来有往，另外尽量不去交换，想要什么样的我可以给买。

没有想到几天之后，小姐姐又给我拿出来两支笔，据说还是小朋友们给她的，小姐姐显然已经很生气了，呵斥了几句，小朋友就耷拉着脑袋，躲到自己的房间里去了。小姐姐将两支笔拿给了我，我仔细端详了一下，也就是笔上装饰了点卡通类的小玩偶，看起来比较可爱而已，我没作声收了起来。

吃饭的时候，小朋友们似乎已经完全平静下来了，高高兴兴地坐在桌前扒拉着碗里的饭菜。我轻轻地问了一声，笔是哪里来的？没想到小朋友的反应异常迅速而且还很激烈，大声对我说是同学给的。我心里隐隐觉得不对劲，再三确认了几遍都说是同学给的。我说那就当同学给的，明天还给同学，归还情况我要向老师确认哦，小朋友们点点头，七嘴八舌地告诉我说，捡到的笔应该放在讲台前的笔筒里之类的，看来道理是都懂得的。

也就是那次之后，我开始留意到这可能是个事。于是，我就和老师作了沟通，没想到这才过了几天，就又出状况了。

中午去接小朋友的路上，我还在琢磨怎么教训一通才最有效果呢。可是直到接到小朋友我都没想出来更好的主意。虽然回家的路上，另外一个已经给我悄悄透露了学校发生的事，但我还是装作若无其事的样子。

午饭后，照例要陪小朋友打会儿球，但是今天院子里的风格外大，打了没几下，就只能作罢。我一边安抚小朋友，一边换好衣服准备出门去研究室。刚走到门外，就看见小朋友跟了出来，他当然不是要跟我去的意思，他只是想在门外玩玩而已。我看着他走出来，就站住对着他，把刚刚穿好的大衣向两边撩了开来，里面露出的是一件衬衫配着一条西裤。一股凉飕飕的冷风瞬间袭来，穿过衬衫，侵入我的身体。虽然已经快到四月，南方早已经春暖花开，但在北方，毛呢大衣还是无论如何需要的。小朋友看着我撩开来的大衣，秒懂我的意思，跑过来直接扑入我的怀抱。我用大衣就势紧紧地裹住了他，俯下身亲亲他的额头：“今天在学校捣蛋了没呢？”

当然这样的美好也确实短暂，平淡的生活由于他们的调皮也格外地增添了不少味道。家里的桌子、墙壁被画得面目全非暂且不论，新发没多久的书本也是脏兮兮的惨不忍睹，更加让人生气的是明明我已经知道了是谁干的坏事，可他们就是死不承认？我一直在琢磨不承认的原因，是不是承认后的代价太大、成本太高？但似乎也不是。一般对主动承认错误的我基本上都是教育为主，不会有什么惩罚，更没有动过粗。后来有段时间，我还为此设过奖励，主动承认错误并能改正的发奖励，但似乎效果也不太好。

双胞胎的互补性非常好，就比如我喜欢文科而小哥喜欢理科，他擅长右手的时候我却恰恰左手好使，小哥成绩一般的时候我却提升了不少，我情绪低落的时候他却热情高涨，从小到大，我们似乎总是处在互补的两端。我家的双胞胎似乎也不例外，一个沉稳的时候，另一个就比较调皮，一个表现好了，另一个就偶尔会出点岔子。学习也是，一个好的时候，另一个却一般。我经常会仔细观察两人的言行举止，然后想起自己的曾经，似乎真的就是一个模子刻出来的。

最近比较捣蛋的小朋友，一年之前似乎还不是这样。还记得几年前我更改户口本的时候，他跟着我去了户籍派出所。看着户口本上他的名字后面跟着的“长子”两个字，曾向我确认过多次：“姐姐不是家里最大的吗？为什么我是长子呢？”我给他解释，姐姐确实是老大，但是“长女”，长子就是他，做任何事得有个哥哥的样子，得有个“长子”的样子。有一段时间，他似乎也听懂了我的意思，很多事上都表现得格外沉稳，让我一下就想起了我的双胞胎哥哥，从小我就觉得他比我稳重很多，虽然出生只差了几分钟的时间，但是似乎就是不一样。

可是过去没多久，情形似乎有点改变。不仅小朋友的耐心不如之前，情绪也容易激动，而且对批评意见尤其比较敏感。我百思不得其解，生活的环境、周围的一切都没有改变，为什么会有这样的变化呢？小朋友们经常阅读的书都是我精挑细选出来的，就连听的故事我也是反复核查，有时候也会一起来听，并未发现有什么不合适的内容。好几次我还问了小朋友近期的玩伴儿以及他们玩耍的游戏之类，也未有太大的收获。后来，我和小朋友说，只要我在家的时候，要不晚上睡我被窝，小朋友也高兴地答应了。于是，睡觉前我委婉地再三给他讲男子汉大丈夫要大方点，不能太小气、动不动就生气，而且我还提及作为家里的长子得有个长子的样子，以前帝王家，长子就是太子，是要继承皇位的，要德才兼修，才能当好太子，日后才可能治理好天下。小朋友虽然对太子不大了解，但对皇帝却不陌生，这两年来《三国演义》《隋唐演义》《史记》《资治通鉴》之类的故事听了不少。那些日子我发现他还确实有些改变，我甚至能够感觉到有些时候他在忍着。有几次晚上睡觉，他还一副可怜兮兮的样子跟我说，他有时候也知道不对，可是他由不得自己。我瞬间有点心疼，孩子毕竟还是小，尽管能意识到自己不对，但要完全控制自己的行为似乎也要求有点太高。我教他说，首先还是得尽量控制自己的情绪，其次人都有犯错误的时候，先得学会认错，才能改错。他点着头答应了。

中午，当他扑进我的怀里时，当我附在他的耳边询问是否在学校捣蛋之时，他拼命地点头，告诉我说“捣了”。我说“那你知道错误了没？”回答说“知道了”。“以后能改正不能呢？”

他说“能”。我松开裹着他的大衣，他就像一只小鸟飞出了我的怀抱，跑着玩去了。

（三）

早晨，阳光和煦，通往学校的路上熙熙攘攘，大人、小孩，两轮车、四轮车，电动的、非电动的，不一而足，热闹非凡，这都得益于道路两旁的两所学校。道路是市里的一条主干道，两边对称建了两所小学，以道路为界，划分学区。孩子们基本都不需要穿越马路，就可以进入自己的学校，安全便捷。于是，上下学的日子，无论走那条道路的哪边，都可以看到各色的家长、孩子。

我是属于无论多晚睡都可以早起的人。等到上学的小朋友起床时，我基本已做好出门的准备，剩下的时间都是用来伺候小朋友们的。每天都是各种催促、唠叨，紧赶慢赶，总算可以按点出门。

虽然出门之前家里乱糟糟的，甚至有点鸡飞狗跳，但是只要一出门，无论什么时候，女儿要么挽着我的胳膊，要么就是牵着我的手。走在路上，那亲密的样子，有时候自己都觉得有些难为情。而且，我俩都是话匣子，走到哪里，一路叽叽喳喳说个不停，有时候，一个冷不丁的笑话，笑得俩人的腮帮都能疼好久。我的工作状况，她们班里的同学的故事，要是碰到第三人，估计我们能把彼此的情况交换着全告诉他。

到了学校门口，我立定，看着她从我的身边一步步走开，快要进校门时，她回过头看一眼远处的我，然后再走进去。每到此时，我内心总是会泛起一点波澜。她知道我还在原地，看着她完全消失在我的视线里，所以总会给我个回眸。虽然每天都生活在一起，但是每次她松开手离我远去的时候，内心似乎总还是有那么一丝不舍。

我转身，一个直角转弯就到了那条主干道上。很多时候，手心里还攥着女儿小手的余温，瞬间就让我回想起她成长过程中的每一个时刻。

十多年前，在日本读幼儿园时，老师每次开家长会，总是要提醒家长们，接送孩子上下学请尽量不要开车，尽可能牵着孩子的手上下学，一方面培养亲子感情，一方面给孩子们养成良好的习惯。这些年里，只要我在家，这点我还是努力在坚持。于我而言，这是家庭生活中最难得最难忘的美好时光。

人行道上，家长、孩子，一个个都是行色匆匆。固定的时间、确定的路线，走得多了，会发现面孔也渐渐熟悉起来。

注意到那对父子其实是很早之前的事。送女儿到校后，当我一个人转到那条主干道的人行道上时，总能够远远地看到他们迎面走过来。

那位父亲，高高大大，上衣是一件夹克衫，下身配着牛仔裤，不是特别的 fashion，也没有那种浓重的商业味道，不知道是不是因为我在理工大学待过的原因，每次看到他，我的第一直觉都是：原来有这么典型的理工气质男。考虑到这座城市发达的工业，我猜想他很有可能是哪个工厂的职工吧。因为身高，抑或是走路，再或是肩膀上单肩背的双肩书包，他走路有点前倾。脸上虽然写满了倦意，但绝非那种刚下夜班的疲倦。他的身后，两三米远，跟着一个小男孩，一看就是一个模子刻出的一对父子，不仅脸型相似，脸上的表情几乎都是一模一样。不是呆滞，但是也看不出一点的朝气。尤其是清晨上学的路上就呈现出这样的表情，总是让人感觉有点诧异。小男孩个子不高，看起来年纪也很小，应该是小一或者小二吧，但是那耷拉着的脑袋似乎在告诉所有人“生无可恋”。我第一次注意到这对父子，很大原因也是他俩的表情。

起初，我还在怀疑难道孩子作业没完成，遭到了父亲的责骂？抑或早上起床晚了，上学要迟到，被父亲唠叨了？一次如此，两次如此，几乎天天如此的时候，我放弃了我的猜想，心想这也许就是他们的日常。

于是，每当我再看到小男孩的时候，就开始想这位父亲的日常。难道在家里平时也都是这样吗？孩子的内心会怎么想呢？他在家、在学校会是什么样呢？上中学、高中后会变成什么样呢？他的家庭会是什么样呢？想多了的时候，我的内心就开始隐隐地痛。

我一向认为孩子们的天性中其实是很有交往与表达欲望的，长期的压制很容易引起一些心理问题。尤其是幼年，正处在性格的养成时期，如果与最亲密的家人都缺少交流，势必会导致与其他人交往热情的下降，长此以往，自然会导致热情与活力的丧失，形成自我禁锢、比较孤僻的性格，不再愿意主动与人交往。将自我封闭的结果，要么积郁于自己，导致自身不能自拔，而积郁要是在某个时刻被点燃，炸伤的可能远不止自己。

我将这对父子的情形告诉了女儿。女儿告诉我，也许是我想多了呢，孩子在严肃的父亲面前，或许是尽量克制着自己，在学校说不定有多活跃呢？我点点头，似乎也有可能。毕竟孩子还那么小，他的天性、适应能力完全不可以低估。

在一次和朋友的聚餐中，我也说到了此事。朋友告诉我说，那对父子应该是比较典型的父子。我有点吃惊，马上问道：怎么典型呢？朋友说：传统上，父亲为确立家长地位，时刻都在营造一个比较高冷、威严的形象，以此保证在家中的威信。一代又一代，就像家族遗传似的，可能确实交流少了点，但也未必如我所担心的。似乎也有一定的道理。

但是这种压抑式的东方传统亲情模式究竟能给孩子们带来多少正面的成长养分呢？在压抑中成长起来的孩子，情感表达是否足够呢？我觉得这还都是问题。

几天前，一位朋友来电话，说到了最近学校发生的事，临近高考又相继发生了几起不幸事件。我听着心都已经碎了。这些事件当然并未引起太大范围的关注。

只要去稍微关注一下这些事件，就可以知道，问题绝不单纯在于学校教育，更有可能来自家庭或社会。长期以来，我们过度重视孩子们的学习成绩，所有的家长都望子成龙、望女成凤，成绩稍微地波动不仅刺激着家长，更是让孩子们的内心失去平衡。另外，近几年，随着社会、经济大发展，生活节奏的加快，过度的物质追求导致人的欲望单极片面发展，就像感染了传染病一样，在快速蔓延的同时，也将生存的压力一层一层向下传导。一方面是缺乏强大精神的脆弱心灵，不堪一击，另一方面是一旦看不到希望，就轻易选择了放弃（这绝非摆烂。摆烂是努力之后的无力，可能更接近于一种生活方式）。放弃的当然不只是希望，还有生命。

几十年前，日本在进入经济高度成长期的同时，相当一段时期其实也曾面临着类似的问题。相比起来，我觉得我们可能过高估计了物质带给人类的满足感，以为只要拥有想要的，人生可能就是“圆满”“幸福”的。物质的满足能否与幸福等量齐观，这是有待进一步考虑的问题。但是我一直都认为人类的物质需求其实是最容易满足的。尤其是当今社会，一般的温饱都已经不再成为问题的时候，可能恰恰需要更多关心每个人内心的需求。

所以，只要有同学来问我关于个人的建议时，我总会问道，“自己想要什么呢”，而往往这个时候，他们其实很不清楚自己内心的真正需求。而每当此时，我也只能从不同的视角给予不同的建议，选择当然在于每个人自身。

最近一段时间以来，也许是年龄渐长，我总觉得能够平凡、快乐地生活，未必不是件幸福的事。家庭方面，我记得也曾和很多家长交流过，千万别把自己未曾实现的愿望寄托给下一代，孩子有自己的追求，孩子不是家长的工具。学校方面，我更希望所有的老师在教会孩子专业知识的同时，能传授一点生存的智慧。而这个社会，我们是否能够再宽容一点呢?

不是所有的孩子都能成龙、成凤，更重要的是，成龙、成凤是否就等同于“幸福”呢。每个人都有属于自己的“平凡”或“不凡”的幸福，关注自己的内心需求也许才是最主要的。

孩子，就是未来，善待孩子从日常的交流开始。

无论如何，我希望孩子能在家感受到温馨，在学校能快乐地和伙伴们玩耍。就像一位日本友人所说：孩子就是宝贝，无论是自己的还是别人的。我希望所有的孩子们都能快乐、健康地成长。

一年又一年

（一）

又到了新年。依然清楚地记得 2018 年 12 月 31 日，骑上那辆小破自行车匆匆赶往研究室。刚进入相国寺（位于日本京都，留学期间家和学校的必经之路），就被眼前的景象吓了一跳。平时冷冷清清、黑乎乎的钟楼下居然围着一圈又一圈的人，长长的队伍甚至都快排到了寺院的门口。看看时间夜晚 11 点多，再仔细一琢磨，才想起来原来马上就要到日本的新年了。那些围在钟楼下的人们正是在等待新年钟声的敲响。虽然很想凑个热闹，停下来和人群一起迎接新年的钟声，但转念想起研究室里那一堆书，还是作罢。况且坐在研究室隔着窗户已经听了好几年的钟声了。回到研究室刚刚落座未几，耳边就传来了相国寺那悠远的钟声。一声又一声，这是我在日本留学期间最后一次迎来的新年。

刚去日本的那两年，一方面为了生计，一方面为了体验生活，学习之余打了几份工，为不影响学业，上班时间要么选择凌晨 3 点到 7 点，要么深夜 12 点前后。日本人都要过年，都不想上班，工作自然就落在我身上，对于一个习惯了过农历新年的人来说，似乎也没有什么，我欣然接受安排。于是，当我值完除夕夜的晚班，骑了一个多小时的自行车赶到家的时候，就在家附近的寺庙里突然蹿出了一群人，嬉闹着地从身旁经过。

我才第一次切身感受到书本上曾经讲过的日本新年，人们是要去寺院迎接新年钟声的敲响。而我，作为一个外国人，还是安安静静地等着过农历新年吧。

阳历新年一过，用不了多久，农历新年就到了。而此时日本街市上却再也找不到一点“新年”的气象了。因此，在日本留学几年，新年的感觉似乎越来越淡了，所有关于新年的美好想象全部都停留在了过去。回不去家乡的时候，就只有一遍又一遍在心底里重温着那些历久弥新的年事记忆。

小时候，最开心的事莫过于迎接新年。从腊月二十三开始，年味就笼罩了千家万户。这一天是传统的“祭灶节”，据说这一天是灶王爷上天之日，虽然我们家没有民谣里唱的“糖瓜粘”，但是母亲还是照例要在灶王爷前点上一炷香，恭恭敬敬地送灶王爷上天。

从这一天开始，屋里屋外的卫生、洗洗涮涮要搞上好几天。之后，母亲就要蒸黄米馍、白面馍了。黄米馍是用糯黄米磨成粉，和成面，然后将煮熟的红枣和红小豆捣成馅包进去，蒸熟。刚出锅的黄米馍软软糯糯，吃在嘴里香喷喷、甜滋滋的，不用说，第一锅是根本存不下来的。北方的冬天基本都是零下摄氏度，后面出锅的黄米馍就放在院子里，自然冷却、冰冻后放在瓮里，以备年后开春，农忙时候吃。白面馍则会蒸出各种形状过年时吃。

对小孩子来说，过年最高兴的事莫过于拿到压岁钱了。印象中还未到除夕，小年前后的某一天，爷爷奶奶一定会喊我和小哥去他们家，然后悄咪咪地塞给我俩每人5毛钱的压岁钱。在1毛钱都能买两颗糖，或是5个摔炮的年代，这简直是一笔巨额的财富。一咬牙买上十来个摔炮可以从腊月摔到过年。后来随着年龄渐长，爷爷的压岁钱也从5毛一直涨到200元，日本留学期间，最疼爱我的爷爷奶奶、外公外婆相继离世，我甚至都没有参加过他们的葬礼，于是，每到新年，意义就变得格外与众不同。

除夕前，照例是要上祖坟的。小年之后带上点白酒、白面馍、几串鞭炮、纸钱、黄纸等，有些年份也会带点做好的肉食之类，和家族里的伯伯、叔叔相约去祖坟上祭祖。小时候，以为祭祖是多么好玩的事，总是会抢着跟着去，去过一两次之后，就知道这件严肃的事并不适合小孩子，于是后来，只有父亲忙的时候，我和小哥才会代替父亲跟着叔叔们一起去。拜祭完祖先后，除夕也就不远了。

记忆中，新年的第二件开心事莫过于除夕夜的年夜饭和大年初一的饺子。而为了早点吃上年夜饭，我和小哥一定会在除夕的当天一大早，就把院子打扫得干干净净，然后欢欢喜喜地把头一天写好的春联贴遍家里的每扇门、每个灶头、院子的天地位，甚至是鸡窝、狗窝、牛羊圈，以及院子坡底下的石磨、石碾、水井，当然也不忘在每个春联下提前准备好上香之处。当干完这些活儿就已经到了下午。看着每个地方红彤彤的春联，瞬间就有了过年的感觉，年味也一下子就变得更浓了。

按照习惯，除夕当晚的年夜饭是一定要在天擦黑后给每个春联下上完第一炷香后才能开始。于是，看着天色差不多，就一个人提上母亲准备好的竹篮，里面放着香、几个鞭炮、蒸好的花馍，另一个人则一只手拿火柴，一只手拿剪好的黄纸。黄纸是用大黄纸折后剪开成好几折，戳在一根细高粱杆上。无论第几炷香，一定要先从院子正中的天地开始，然后再到最远处的春联，每个春联下插一炷香，然后撕一张黄纸烧了，再掐一点小花馍扔在上面，最后点燃一个鞭炮，就赶紧蹦蹦跳跳地跑远，听着“砰”的一声响后，上香的工作才算是完成。

等上完第一炷香后，母亲的年夜饭也好了。那一定有我俩最爱的猪肉炖粉条。滑溜溜的宽粉条配着不肥不瘦的猪肉片，再加上几片大白菜和土豆片，无论什么时候想起来，都是无与伦比的绝世美味。因为是大年夜，再也不用吃平日里吃到愁人的粗糙的小米蒸饭，要么是提前蒸好的白面馍，要么是亮晶晶的大米饭，可以吃到胃里似乎再也不能多一粒米了才放下碗筷。

吃完年夜饭后，天也已经完全黑了。除夕夜院子里的灯是必须一直点到天亮的。没有电灯的年代，院子里挂着有玻璃罩的马灯，后来院子里就是通宵的电灯，而除夕夜为了上第二柱、第三炷香，更为了放鞭炮方便，下午就早早地换上了瓦数更大点的电灯。在天黑就睡觉的年代，明亮的电灯照得院子如同白昼，过年似乎就是专门为了让小孩子放肆地疯玩。

年夜饭刚刚吃完，我和小哥就迫不及待地打着灯笼在下午所有上过香的地方上第二炷香。因为有头炷香的经验，第二炷香上得很顺利，从院子里到坡底下，再到家里，半小时多就能完工。之后，就可以开心地放鞭炮玩耍了。那个时候的鞭炮基本都是只有一百响的一串，家里也只买几串。我和小哥从来都不舍得噼里啪啦地一下子放完，总是会拆散，每人分几十个，“噼、啪”轮着放。玩累了，要睡觉的时候，也上完第三柱就可以美美地睡觉了。

眼睛一睁，新年就到了。

大年初一的早上，一般都会起个大早，尽管饺子还远远未好，但是照例是必须放开门炮的。开门炮寓意新年的开门红运，必须得越响亮越好，所以我和小哥总是把最响亮的炮留在初一的早上。而为了抢这个头功，必须早早醒来，有时候甚至是起床放完开门炮后，再继续钻回被窝睡觉。这一天母亲的饺子一定要包好后再用双手一捏，做出个马蹄状，又似元宝形，寓意新年财运滚滚。虽然也曾跟母亲学着做了好多次，却至今也未学好。而为了测新年的运势，大年初一的饺子中母亲一定会包几枚洗干净的硬币，每年为了这几枚硬币，都会拼命地吃好多好多，可是硬币从来没垂青过我，有时候实在不甘心也会从其他吃出的碗里挑过来，重新过一遍自己的嘴，才算罢休。

吃完饺子，村、镇上有秧歌的年份，全家人就出门去看秧歌，没有秧歌的年份，邻里互相串门、拜年，小朋友们则聚在一起热热闹闹地玩一整天。

除了大年，家里还会过正月初七的小年。这天虽然没有大年隆重，但是也比平日里要丰盛。小年一过，我就和小哥开始漫山遍野去砍柴火，为的是正月十五的元宵节能放比小伙伴们家更大更旺的火。按照家乡的习惯，正月十五和二十三都要在院子里放火。为了延长燃烧时间，必须得去砍耐烧的酸枣树或者柠条之类。当然我们砍的柴火母亲照例不会让全部烧掉的，一定要给平日里留一些的，所以只能拼命多砍一些，才能获得母亲的许可多烧一些。只有正月二十三的火可以从上面跨过去，还可以把供在灶神上的枣山拿出来烤着吃，所以十五的火一般都放得并不大，更多地留给了二十三。大火烧得满院子亮堂堂的，我们把供奉了一个月的枣山拿出来，放到火边烤到焦黄，开始享用。火势稍小后，就从远处开始助跑，我们尖叫着从火苗上跨过去，有时候由于火势太旺，把头发都燎成小黄卷，那也丝毫不减跨火的热情。

过了正月二十三，年才算结束。于是再开始掰着手指头，盼星星盼月亮地盼望着新年，一年又一年……

随着年龄渐长，自从读书离开家乡后，家乡终于变成了回不去的故乡，新年也逐渐沉淀为心底最美最醇的记忆。

（二）

一天深夜。小哥发信息问睡了没，我说还早呢。一来一往，见他也没睡，索性电话拨过去，聊了起来。

小哥说给远在家乡的母亲打了电话。我最近和母亲联系好像已经是一两周以前了。慌忙问怎么样呢？小哥说，母亲最近要交什么保险费，还买了些日常用品，手头比较紧张，他给打了点钱，让我不用担心。

我每次和母亲打电话，都问她手头紧张不紧张呢，母亲从来都是：“不紧张，有的，不担心。”

电话挂掉后，我迅速点开手机银行，给父亲的账户里也打了点钱。

第二天早上，尚在梦中，电话就响起来了。一看是母亲打来的，慌忙接起来。电话里传出了母亲急促的声音，“你打钱了啊，不用的啊，你现在也紧张的，这么多年了房子都还没买，家里帮不上就算了，怎么能再挖苦你呢？”说着，竟然抽泣了起来……

听着母亲有点嘶哑的声音，我的鼻子也酸酸的。

陕北黄土高原起伏的山里有我的家。黄土地十年九旱，就算是风调雨顺的年月，一年辛苦到头，也只能勉强维持温饱。

从我有记忆开始，无论是村里的庙会还是家里的各种祭祀，主题大多是祈雨。

记忆中，家乡的颜色除了夏天点点的绿色外，就只剩下黄色了。黄色的山、黄色的土，就连偶尔从天上掉下的雨点都是黄色的。

儿时，跟着父母搬过三次家。最早的那处应该是爷爷年轻时所修葺，坐落在村子正中心，地理位置极佳。整整齐齐的上下两排，非常典型的陕北窑洞。下面的窑洞较小，要么用来堆放柴火，要么用来饲养牲口。门前两棵枣树至少也应该经历过几十年的寒暑，粗壮的树干虽然被调皮的我们爬上爬下溜出非常光滑的斜面，但茂密的枝丫却一直延伸到上排窑洞的院落。红枣成熟的时节，坐在上排院子的小矮墙上，张开嘴巴红枣就能自然送入口中。上排的窑洞只有三孔，正中间是爷爷奶奶住，靠右边是我家，靠左边则是二爸家。虽然一大家子住在一起其乐融融，但是三孔小小的窑洞还是太局促了，单纯睡觉都成问题，更别提其他。

没过多久就搬到了第二处家。那是位于山顶的一处窑洞，还是三孔，院子里一棵大槐树，夏天的时候，浓密的树荫下，留有我们玩耍时的欢声笑语，还有全家人围坐在一起吃饭聊天的美好场景。

在贫瘠的黄土地里刨挖生活，不仅需要不怕吃苦的精神，更需要坚强的意志、不屈的毅力。千百年来，生活在那里的人们都是靠着勤勤恳恳的辛苦劳作，维持着基本的生计。风调雨顺的年份尚且只够糊口，更别提那些干旱的岁月。也正因此，沟壑中有天然水源的地方，窑洞的分布也自然会密集一些。我和小哥出生后，由于家里人口的增加，父母的压力也倍增，第二处家没住多久，就因为吃水问题，跟邻居闹得不可开交。

为避免与村里人的不和，父母又在距离村庄很遥远的一处水源附近“安营扎寨”了。水是有了，但是方圆几里之内再不见一户人家，农闲时节，甚至见个人影都变得不易。迁徙虽然带来了水源，但是也增加了许多新的艰难。

新家的四周荒无人烟，连条像样的路都没有。沟壑纵横的荒草野地上只有放羊人走过的隐约可见的曲折小道。似路，又非路。往往都是下了前脚，就不知道后脚该往哪里放。从生的荆棘中摸索一条路，既需要勇气又考验意志。雪上加霜的是，我和小哥已经到了上学年龄，不得不就在这样的路上开启我们的学业之旅。

早上，天蒙蒙亮，我们已经摸索着前往学校。一丛又一丛的荆棘点缀在黑黢黢的沟壑中，俨然已经变成了一座座凶神恶煞的鬼怪，偶尔有被脚步声惊起的猫头鹰、山鸡，扑啦啦甩着翅膀飞出草丛，瞬间惊起一身鸡皮疙瘩，那一刹，身上的每根汗毛都似乎早已直立起来。

为了我们上学，也为了全家的出行，父亲扛起了镢头，开始修路。一年又一年，路从最初的曲折逐渐被拉成了直线，从最初的羊肠小道，逐渐变成小板车可以走的路，再变成了稍微宽一点的三轮车路。

小路见证了我和小哥的成长，也见证着父母的辛劳带给这个家的变化。长大后才懂得，每次搬家，岂止是换个住处那么简单。黄土地的窑洞都是父母没日没夜地一镢头一镢头地挖出来，再用一块块石头垒上去，那一条从无到有的路，哪一处不是父母辛苦的血汗换来的?!

上中学以后，我和小哥就离开了父母经营的那个温暖的家，去了更远的地方求学。每次开学，母亲总是把一沓碎钞票整理好，塞进我们的书包。可是那个时候的我却好像从未思考过那些“碎”钞意味着什么。

那年暑假刚放学回家，父母就带着我们哥俩去了屋后的山里。群山的环抱中，有一块难得的平坦的地。周围陡峭的山坡上种着高矮不一的高粱、黄豆、谷子等。我们跟着父母翻过山，穿过庄稼地，气喘吁吁地走了好久才下到了坡底，惊喜地发现那地里种的居然是成片的西瓜。虽然尚未成熟，但是有些已经长成了乒乓球大小的模样，有些稍微大的则长“歪”了形状。父亲说由于缺水，西瓜长不大，就长歪了。父亲那一脸的愁容，时隔多年，我都记忆犹新。

父亲显然早已经侦察好了水源，而且已经开辟好了挑水的路线。我们就这样沿着父亲走过的路，开始挑水。我和小哥，虽然只挑了一担小桶，但是山路崎岖，路途遥远。晃晃悠悠的两小桶水，搁在肩膀上，没走几步肩膀就痛起来，小路两边全是黄土坡，找不到合适的可放之处，就连稍微换个脚步都会让桶里的水洒出来。于是，不得不一边咬紧牙坚持着向前，一边还小心地不让桶里的水洒出来。那个时候才开始第一次意识到，黄土地上路是那么崎岖，那么坎坷，那么遥远。

一趟走完，肩膀已经被压得通红，而父母却没有丝毫要停歇的意思。我们也只能硬着头皮继续跟着出发。几趟下来，肩膀就被担子压起了水泡，然后经过几次反复的揉搓而溃烂，最后，又在骄阳下被晒干，继续忍受担子的折磨。

西瓜逐渐长成后，挑水的工作终于有所缓解。照看瓜地却又成了新的任务。白天骄阳似火，只能躲在周边山坡上植被高一点的庄稼地里，忍受着太阳、虫子的袭击。夜晚，则在黝黑的山谷中，一分一秒感受着黑暗带给人心里的恐惧。西瓜成熟的季节，几乎白天黑夜 24 小时都在瓜地里度过。不仅要仔细看护着瓜地，不能让小动物来糟蹋，更重要的还得把已经成熟的瓜搬到山顶上，再轮换着背回家。

十多斤一个的西瓜装在蛇皮袋，单纯放在背上都不容易放住，背小西瓜大，又圆滚滚的，而且稍微磕碰都可能炸裂，必须得小心翼翼地呵护才能保证背上的西瓜不跑、不损。这还都是其次，那条陡峭的长坡，往往没走几步腰就已经酸痛得无法忍受。为了减少西瓜的损失，这项工作最后还是交给了父母。

我和小哥跟着大哥拉着小板车走街串巷去卖西瓜。路途崎岖，板车又小，只能少装一些。中午一吃完饭就必须得趁着大热天出发卖个好价钱。所谓好价钱，一斤也就是三毛钱。而且由于天旱，家家户户并无太多的经济来源，根本没有多余的钱买西瓜。于是很多时候就直接送到了经济状况稍微好点的乡里乡亲家，有钱的给现金，没有的则赊账。往往一车卖完连赊带收还不到 50 块钱。

钱，虽然不多，但是我却分明感觉到了沉甸甸的重量。那个时候，我们兄弟仨每年的学费和生活费都要上万块钱。那一个个西瓜，寄托着我们全家的希望。

窗外，稀稀疏疏的雪，星星点点，点缀着大地。冬天，就这么不经意间悄然降临，猝不及防地，就像母亲突然发现自己再也不能大快朵颐地吃肉，再也不能尽情地享用甜食带给味蕾的满足感。

母亲显然没有注意到她脸上已经布满皱纹，她已经不再是从前的她了。

雪，对于北方人来说，实在是司空见惯。进入腊月之后，黄土高原几乎就会被冰雪覆盖，就像给苍凉的大地盖上了厚厚的白绒棉毯，气温降到了零下二三十度。

那年的冬天格外寒冷。为了保证老百姓能顺利过冬，政府按照每人 40 斤配给煤炭，当时家里只有大哥和大姐加上父母四个人，共分得 160 斤的煤炭。

汽车只能开到镇子上，乌黑的煤块夹杂着星星白点，就那么倒在马路边上，由工作人员会同各村干部分配给每家每户。

从镇上到我家还得跳过一条沟，走好几里的羊肠小道。腊月十六，煤炭终于分到了我们家。天寒地冻，父亲还不在家。母亲怀胎十月，挺着肚子独自去了煤场。

路边的空地上堆着小山丘一样乌黑的煤炭。公路只修到此，附近几个村子的煤都堆积在这儿。每个村的负责人将煤块分好，一袋袋整齐地摆在煤场的周围。

母亲来到煤场后，没有丝毫的犹豫，背起了属于我们家的那 160 斤煤块，踉踉跄跄地下了坡。坡底就是一条小沟，隆冬时节，平日里流水的地方都已经冻起鼓鼓的冰壳。冰壳的上面是人们为方便行走而丢下的石头，不均匀地撒落在冰面上。160 斤的煤块，不用说身怀六甲的母亲，就是普通的受苦人也难以承受。踩在冰面上，母亲已经有些晃悠，不得不将步子迈得更小点，一点一点几乎挪着向前。蹚过冰面就是一条弯弯曲曲的小道，像条小蛇一样挂在陡峭的坡上。

背上的煤块越来越重，母亲的腰越来越弓了，腹中的胎儿挤在前胸，呼吸都变得困难起来。母亲咬紧牙，颤颤巍巍地一点一点向前挪着步子，蹒跚在小道上。

六天后，二姐出生了。

这是母亲经常讲起的一件事，岁月一晃就是几十年，母亲脸上写满的皱纹，就像是手术刀雕刻的过往，沟沟壑壑都在讲述着曾经经历过的苦难。

青春早已不再，但是经历过的点点滴滴时常萦绕在心头。我记得自己来时之路，也目睹了父母走过之路，也从未曾忘却父母为我们做的一切。他们在坎坷的黄土地上修出了一条又一条的坦途。我沿着父母的路逐渐长大，而他们却一天天变老。

又是一个新年到，有些人在长大，有些人却在变老，有些记忆开始模糊，有些记忆却越来越清晰。（作于 2022 年 1 月 1 日）

（三）

时间过得真快，一不小心又到了本命年，真是不敢让人相信。上一个本命年时，自己刚刚走出大学校门，站在了人生的十字路口上，现在，一个轮回之后，自己却似乎同样还在十字路口徘徊。

每次想到十字路口我就有一种莫名的紧张感。

有一次上班的路上，碰到了一起事故，那个场景给我带来了极大的震撼，也让我第一次切身感受到了生命的脆弱。在一个十字路口，一辆摩托车倒在路边，零部件散落得到处都是，骑车人则倒在不远处路旁的小树边。小树是用比胳膊还粗的四根木头搭成的架从四个方向围撑着的，而其中的一根木头则直挺挺从摩托车司机的胸前插入，背后穿出，整个人已经僵硬，没有一丝生命的气息……

那一刻我忘记了恐惧，我在想他该有多痛啊。他也许和我一样也是刚刚辞别家人正在上班的途中，或许是刚刚和同事话别，赶往回家的路上，无论怎么说这一切都已经不重要了，他的生命就此戛然而止，纵然他还有多么地不舍，但此刻他已经离开了这个世界。

人生的旅途中，存在太多不确定的因素，每个生命个体无论何时以何种方式，都会离开这个世界，甚至毫无征兆悄无声息地离开了。每每想到此，我就有一种像时钟被拧上发条一样的紧迫感。还有很多想做的事，尚有很多未及实现的梦想。由此，经常告诫自己要“活在当下”。

以前经常想，当下无非就是此时此刻，可是后来当我知道，六十个当下是一刹那，而六十个一刹那是一秒的时候，我才为自己曾经的自信感到深深的不安。人生中的每一秒居然都是由三千六百个当下构成。于是，我不得不反思，是否真的活在了当下呢?

回望过去的点点滴滴，有些清晰有些模糊，已经走过，想要倒回去做个标记已无任何可能。于是不断地提醒自己，人生的终极目标就在旅程的尽头，且行且珍惜。

最近经常会想起家乡的那些山间小道，那一条条的羊肠小径，曲折崎岖，顺着山势逶迤在连绵的群山之间，蜿蜒不绝。它像极了自己正在走的人生道路，能掌握方向的却只有自己。

山间的小路会随着四季的更替呈现坎坷崎岖、荆棘满地，也有径暖草积、山晴花繁，而人生的道路又何尝不是如此呢。

（四）

一年过去了，魔幻的三年终于要结束了。虽然一直引以为豪的灵敏嗅觉、味觉尚未恢复，咳嗽药也还揣在兜里，但是持续的低烧、高烧都已经过去，距离完全恢复相信不会遥远。

尽管如此，当1月8日开放出入境的消息出现在手机上时，我的脑海里还是瞬间就蹦出了“漫卷诗书喜欲狂”这句诗来，我其实根本不着急出境，只是各大机场冷冷清清的景象实在太让人印象深刻了。

这三年中去过的机场全部都失去了曾经人声鼎沸、浩浩荡荡排长队的生气，因为没有客流，大部分的店要么选择了关闭，要么减少服务人员、减少供应。

习惯上仍然会提前抵达，无论提前多久，都根本不需要排队，安检基本上是随到随检，方便了太多。那些因为疫情被迫关门的餐馆、小卖店，背后可能是无数个生活失去着落的家庭，那也许寄托着的是孩子的学费、父母的医药费、自己的养老金，因为疫情全部都化为泡影。每每虑及此，心就不由得揪起来。

二十多年以前，我还在乡下的中学读书，捉襟见肘的日子里虽然不至于流浪街头，但是温饱依然还是问题。雪上加霜的是靠天吃饭的生活，天，永远都是那么不靠谱、不给力。在那些困难的日子里，我也曾幻想过风调雨顺的光景，老百姓能过上富足的日子，自己能认认真真、安安心心地读点书。

在父母的带领下，把家里最好的田种上了西瓜。天既然靠不住，那就靠自己，没有水就从几里之外的水沟里挑水，无论多么辛苦。

3 毛钱的西瓜、5 毛钱的香瓜，从这个山沟运到另外一个山峁，再到周边的十里八乡，3 年一茬要挖一米多深的黄芪，一捆接着一捆，从这山到那山，我们兄弟的学习、生活费用都是这么辛苦换来的。

西瓜地非常讲究，种过几轮后的土地就不适宜再种了，而家里左支右绌的土地也禁不住三年一茬的黄芪种植，于是无田可种经济作物的那几年，父亲就捡起了爷爷当年养家的技艺，做起了手工挂面。

前半夜和面，后半夜搓条，凌晨天还不亮就得一遍又一遍地打磨，太阳刚出，就抓紧出面，晾到太阳底下，紧接着还得把前一天做好的背到周边的集镇上去卖。

虽然因为制作工艺的复杂和专业，我从未曾参与这个辛苦的制作过程，但是父母熬红的双眼（母亲因此留下眼疾）我却是看在眼里记在心里。我也曾幻想，让挂面有个更好点的市场，让父母的辛劳不至于那么廉价。可是在不景气的天年，幻想终归只是幻想而已。虽然艰难的生活百孔千疮，但这一切并没有让父母有丝毫的退缩，几年之间，我长大了很多，也学会了更多。既然不能被生活击垮，那就更加坚强地站起来。

得益于父母的艰辛付出，我终于如愿走进了大学的校园，那是靠多少血汗换来的，我甚至都不敢去想，更不敢有丝毫麻痹大意，那些曾经的过往就像一幕幕电影镜头，不时涌上心头，时刻在提醒着自己，要不忘初心。

几年之后，我靠着自己的双手终于谋得了一份不用靠天吃饭的工作，不但温饱终于不再是问题，还把之前所有累积的债务还清了。就在日子似乎完全步入正轨之际，而立那年，在买房安居与继续充电的选项中，我却毫不犹豫地选择了后者。

之所以选择再次出发，因为那是我多年以来一直坚持、未曾有丝毫动摇的想法。

这些年来我一直在思考，人，终究要归于尘土，活着，还是应该有追求。这追求无论在什么时候都从未曾改变。

自从站上讲台后，我也曾在课堂上反复告诫我的学生们，要努力找到自己的人生追求，最好是可以足够支撑起自己未来的兴趣，如果暂时没有，那就坚定地做好当下，只要孜孜以求，未来的某一天一定会与优秀的自己不期然而遇。

过去这几年，我们经历了太多的艰难，最近每次和同学们聊天，我都会询问一下家里的状况，大家互勉，学会在艰难之中探索人生的终极意义、寻找度己度人的智慧。

最近几年，不断有人和我讨论人生的意义。老实说，我自己确实也还没有考虑好，但是我非常认可向我提问或讨论此问题的人，至少说明他是在思考此问题的。

我其实最害怕的是以“不喜欢”“没兴趣”之类的理由搪塞时光，所以经常告诫我的学生们，如果真“不喜欢”，那就找个“喜欢”的，找找自己的“兴趣”，如果找不出自己的“爱好”或“兴趣”，才是最大最根本的问题。

古人有句话：从前种种譬如昨日死，从后种种譬如今日生，往者不可谏，来者犹可追。新的一年，一切重新开始。

日记两则

（一）

2013年9月5日　晴

一晚上睡不着，虽然前天晚上在火车上摇晃了一晚，都已经非常疲倦了，可是居然都睡不着，起来在寝室里晃来晃去，就是无法入睡。

凌晨四点干脆起来，看着窗外黑漆漆的夜和夜色中的钱塘江。在工商大学的时间不是太多了。打开手机，随便在网络里逛了一会儿，天色渐渐变亮。看着旁边的同学睡得那么香，我自嘲地觉得自己真的已经好老了吧。六点钟的时候，我把同学们叫醒。起来再收拾一下吧，过了这个早上，就没有时间再收拾行李了，昨天接到通知说，今天下午一点四十分在宿舍门口集合，坐大巴前往机场。

七点多洗漱完毕，去吃早餐，下次再要吃到商大的早餐也许要到一年之后了吧。早餐照常吃的是一块饼加一碗白粥，打粥的那个阿姨一看到我照例问也不问就知道我该刷多少钱。这一年来我的早餐几乎天天如此。有时，我去得稍微晚些，那个阿姨会问："今天怎么来得稍微有点晚哦？"我大概是为数不多的总是第一个到食堂的顾客，也是每次只要白粥的顾客。

吃过早饭，就去研究院了。昨天忙了一天，都没有和研究院的同学、老师打声招呼。悠哉悠哉去了日语楼，楼上楼下逛了个大圈儿，顺便把以前借的资料也还了，然后去和聂老师聊了会儿天，时间就在不知不觉中过去了。

中午请同学吃了个饭，回到寝室，把东西重新拾掇了一下，没过多久，室友就在喊，该出发了。看着一大一小两个箱子，我心里说不上来是什么滋味。

日本最近成了我生活的一个主题，所有的想法都集中在这个地方。想起没有读研的时候，自己多么期待一个赴日的机会，而今，机会摆在了面前，我却没有了当年的那份期待，我一直在想为什么呢?

终于要出发了，拉着两个箱子向集合之地进发。到了集合的地方，意外地看到了仲田老师，聊了两句，才知道他是特意来送大家的，为此还特意戴了一顶小红帽，手里还拿着相机，不断地记录大家出发前的身影。为了能让大家平安顺利地抵达日本，各位老师付出的汗水让我很是感动。来送行的还有丁老师，赴日的所有材料都是她在为大家办理。这几个月以来，她为这件事前前后后不知道忙活了多少，而每次我象征性地说声“辛苦了”，她的回复也总是“应该的，应该的”。

一起赴日的有 40 多人，都是商大的。其中研究生有 20 多位，大部分都是同届的同学，相互都很熟悉。有本科生十几位，有的也曾经见过面。因为一起出发的队伍非常壮观，所以心情还是比较放松的。但要说完全放松也不全对，还是有些紧张、激动的。

因为今天也是商大新生报到的日子，校园内外，甚至是马路上，就像车展一样，都是汽车，远远的一排又一排，都已经看不到头了。校园的保安们全体出动在努力维持秩序。也因此，来接我们的大巴晚点到达。

几乎每个人都是拖两个箱子，身上再背一个大背包，每个人都在竭尽航空公司托运行李的最大限度。当把汽车的行李箱全部装满后，地上还有好多行李，不得已，只能让同学们先上车，再把行李堆到车厢过道上。

车出发了，经过商大的图书馆，我在心里和图书馆道了个别。过去的这一年里，除了睡觉，基本上都是在图书馆度过的，对我来说，这个地方让我再待上几年也不会腻的，我已经深深地喜欢上了这个地方。

从学校出发，不到一小时就到了机场，办理完托运之后，就该和送行的老师道别了，看着前来送行的丁老师和仲田老师，不舍的心情挥之不去。等到所有人都进入安检门，我才跟到了队尾，向两位老师挥挥手，虽然满脸的轻松，可是好像也只是为了掩饰内心的不安。

飞机准时起飞，走进机舱的那一刻，我甚至想挥挥手，告别杭州，我是多么不舍待了一年的这个地方，尤其舍不得一起陪伴过的老师和同学们。听着飞机上日语的广播，我在努力地想，此刻的心情该用哪个词来形容呢？

起飞了，机翼下面，朵朵白云镶嵌在湛蓝的海面上，分不清哪里是天哪里是海，我的思绪就像那朵朵白云，时而缥缈、时而清晰。而前进的路线却是笔直地指向了天边的另一个国家，在书本上学了多年却从未到过的一个熟悉而又陌生的国度。

看着提供的晚餐里的饭团，我体会到了另外一种文化带给我的新奇。当飞机上的屏幕里再次出现地图的时候，飞机已经飞到了福冈的上空，我不由得想把脑袋贴到窗上往外看，想努力看到一个真实的日本。

思绪还在飘荡，飞机抵达了关西机场。在办理留卡的时候，每次身旁有中文进入耳朵的时候，总会不经意地扭过头去看看，然后就看到了拿着“中华民国”护照的台湾同胞。习惯了一个中国，怎么看都觉得“中华民国”这几个字好像距离我很遥远似的。机场的人耐心地把大家都分流到了各个办卡的窗口，没有多久，就发现大厅里只剩下我们几个人。确认好所有的人都办好后，就开始去取行李。

当我最后走出机场出口时，大家都已经到了。前来迎接的李老师和四天王寺大学来的老师也都早已到了，指挥大家把行李往车辆处运送。到了大巴车前，日本司机早已把行李舱打开，我刚想动手搬行李，司机已直接搬了个箱子钻到了行李舱里，我帮他拎到旁边，他搬进去一个接一个码好，行李太多，码了三个行李舱还没有装完，司机的衣服都已经被汗水湿透了。把人装上车后，无奈，还是只能把行李往车座上搬。这次仍然是他在车上接，我在下面递，所有行李都搬完后，他走下车，看着车轮胎笑着说：太重了，车轮胎都快不行了。

一个多小时后，到了京都预订的住宿地，此时已经接近日本时间 11 点了，大家把行李放好后，就都洗漱睡觉了。

（二）

2014 年 10 月 1 日　晴

和收到录取书后的喜悦之情相比，尘埃落定之前，抉择与等待的煎熬似乎更印象深刻。

决定报考同志社大学之前，我已经在日本留学一年。本年度，同志社大学博士学费将全额减免，竞争势必非常激烈，全球问题研究院现代亚洲研究学科六年来都没有一个能够毕业的博士，教授更是惜字如金，没有透露出丝毫可与不可的讯息。

这些给本来就犹豫不决的我增加了许多不安。直到入学招考简章公布，抵抗不住优越的条件及全额学费减免的诱惑，自己最终彻底下定决心。

入学考试分为两种：一是材料选考，即根据所提交的全部报考材料直接决定是否录取，不必参加考试；二是考试选拔，材料提交后，须参加由报考研究科组织的面试。

因为材料不全，拥有日本长期在留资格，我只能选择后者。报考材料全部交齐之后，还需参加由研究科组织的面试。

尽管做了充分的心理准备，面试那天还是吃了一大惊。当我按时到达候考室之后，看到了黑板上贴着的面试安排：研究科三个研究方向，博士硕士一共只有四个人参加考试，我报考的亚洲研究方向，只有我一个人。

之前在国内参加过的历次大考，无不是千军万马中厮杀。

虽然如此，心理上却没有丝毫的放松。因为研究科一向都是宁缺毋滥，更何况是博士考试，而且有很多留学生都愿意选择材料选考。

当我推门进入面试室的一刹那，完全出乎预料的是，面前整整齐齐坐了一排七位教授。亚洲研究方向一共七位教授全部出席了就为我一个人举行的博士面试。本来就紧张的心瞬间提到了嗓子眼。

面试并没有我想象得那么轻松，几位教授并没有因为我在研究科已经待了一年而有丝毫的含糊。对于研究选题、研究内容、研究思路等都进行了详细提问。

结束后，我起身致谢："非常感谢各位教授，特意参加为我一个人举行的面试。"几位教授一齐笑了起来，刚才还紧张的气氛一下被冲淡了。

面试结束之后，就是漫长的等待。每天脑袋一有空闲时，就回想自己面试时的表现，回想过去一年中，自己和报考教授的几次交谈。很想能从中挖掘出一点点明确的暗示，可是每次都归于失望。有时也会幻想一下博士学费全免所带来的诱惑，和考上后自己的激动心情，这时想考上的心情就越迫切。

等待的日子，每天都是在这种失望与渴望的纠结中度过的。

10月1日，国庆佳节，也是发榜之日。在去幼儿园接小朋友的路上，偶然碰到邮递员。顺便一问，果然带了来自同志社的快递。一看是大号的信封，悬了好久的石头瞬间便落下了，因为同志社考试合格的通知都是用大号信封寄送的。

遇见你，遇见美好

总有些事让我们长存于心，总有些人让我们念念不忘；总有些地方让我们深情向往，总有些梦想让我们寄望于远方。感恩每一次遇见。

（一）

还有一周的时间，浙江工商大学（以下简称商大）研一的学习生活就要结束了。还不到该总结的时候，可是想到下学期该去日本交换学习了，归国后就面临着毕业，和商大的缘分大概也就是这么多了，所以觉得有必要写点什么，聊记雪泥鸿爪之意。

以前也写过一些关于商大的文字，学校总的印象很好。不管别人怎么评价，抛开自己的个人情感，客观地说也本如此。无论是学校的硬件还是软件配备，能够感觉到的是：一切都是为了学生和老师。在这里师生平等，行政和后勤为了大家的学习和生活辛勤付出。体会更深的是入微的体贴和关怀：冬季雪天的免费热姜汤，路面上的防滑草垫，雨季的爱心伞，夏日的空调，甚至是卫生间里提供的厕纸都会让你感觉到，如家一般的温馨。当学校尽其所能提供便利的时候，唯一能够回报的就是努力学习。回想这一年来的点点滴滴，内心充满太多感慨。

我就读的学院是日本语言文化学院。谈及这个地方，不得不说起自己的大学时光。那时因为酷爱阅读历史文化方面的书籍，便知道了王勇老师和王宝平老师，还因此关注起浙江大学日本文化研究所。希望自己能有机会来此做点研究。带着这样的想法，对几位教授和这个研究所的关注一直伴随到我工作以后。每在网页上发现他们有新的研究和书籍出版，开始新课题，景仰之意油然而生。很多次想象着能成为其中的一员，但我知道，对于多年没学英文的我来说，这是个巨大的挑战。也许是我的渴望获得了感应，居然机缘巧合地在去年被学院录取，喜悦与激动真是无以言表。

学院的老师由此开始熟悉起来，自己的人生也好像重新开始。这一年中，我把自己积累多年的热情全部发挥了出来，真心希望这里成为我人生的新起点。各位老师都非常热情，无论工作有多忙，只要我有问题向他们求教，他们总是以诲人不倦的态度为我答疑解惑。在这里，感受不到自己与这些受人敬重的学者之间存在距离，更多的时候大家都亲切地称呼我为“老师”，这个称呼带给我的既有动力也有压力。

日院的讲座非常多，就像我平时和同学们开玩笑所说的“商大一年中听的讲座比上的课还多”，这话一点都不假。从欧美的著名学者到日本的学界泰斗，或是国内一流的大师、学者、作家、翻译家、名企老总等各界人士，可谓丰富多彩。记得刚入学时，一位前辈告诉我，要是能把院里的讲座每场都听下来，可了不得了。现在我后悔当时没有问清楚，怎么个了不得法。一年马上就要过去了，明天也许是最后的两场讲座了。回顾这一年，自己真就没有落过一场呢。当然，有些讲座不一定我特别感兴趣或是对我有价值，但在这个过程中，我享受到了来自各个方面的信息，正如品尝来自五湖四海的美味佳肴一样，有些会被身体吸收，有些只是一个经历过程，对我来说，知道这些信息就已经足够了，我还没有那能耐奢望全部吸收呢。

日院的日文藏书也很惊人。自己来复试的时候，首先就去了日语楼一楼的资料室，看到那么多的书籍，还在担心自己是不是有那福分去利用一下这些资料呢。一年快要下来了，除了图书馆四楼，我待的时间最长的地方就是这个资料室了，可是惭愧的是，一年时间里自己竟然没有读过多少藏书。每次看到尊敬的王宝平老师在资料室抚摸着那些被视为珍宝的资料，每次听他讲当年搜集这些资料的艰辛时，愧疚之心不能自已，愚笨的我什么时候才能开窍呢?

日院师生去日本的机会也是非常多的，连在此工作的日籍外教每次谈到这点时都表示出了极大的惊讶。一起入学的一共有 30 多位同学，除了自己不愿意赴日的，只要想去的都可以去，而且学费全免。想必北外日研中心、北大、清华也未必是谁想去就可以去的吧。而且毕业后如果想继续深造，只要能得到院长的推荐就可以免试攻读博士，这在国内的高校中也是不多见的。身为其中的一员，每次想到这些，我心里充满了无限的自豪。

商大或日院带给我很多值得记住的东西，感动欣慰之余，更感受到了一种压力，不能辜负这一切的压力。此时此刻，就请珍惜、努力吧！（作于 2013 年 6 月 12 日）

（二）

这学期养成了个不错的习惯，每天眼睛一睁开就立马起床，很少赖床，可能是因为想做的事情太多了吧！吃完早饭，“炸药包”一背就向图书馆进发。

记得第一次进图书馆的时候，我从一楼晃悠到五楼，转了一大圈，当时觉得好像也没啥特别的，要说稀罕的，除了四楼的咖啡厅和五楼的特藏部就是超大的自习室了。那时自己还在琢磨着，有时间了也进去感受一下里面的气氛呢。我都不记得第一次去图书馆上自习是什么时候的事了，应该是开学后不久吧。刚开始去的时候，真没有特别的感觉，可如今情况却大不一样了。

记得刚开始上自习那会儿，我好像总是坐在一楼左边靠近窗户的倒数第二个座位上。只要没有课，我都会提前把那个位置“预定”给自己，一坐就是一整天。有天中午，天气还不是很冷，那时我刚开始学韩语不久，很想了解一下韩国的情况，便去二楼抱了几本韩国史和韩国思想史的书回来。刚开始还在我的固定座位上看，后来感觉坐得太久了，筋骨都萎缩了，于是拿着那两本书走到了大厅的沙发那儿，把耳机戴上，就沉醉在自己的世界里了。也不知道过了多久，等我回过神来，才发现自己居然睡着了还做了个梦，而耳机里仍然在反复放着那首我最喜欢的《悠远的天空》。就这样，大厅的沙发、那个固定的座位、已经反复听了不知道多久的那一首歌，一直陪着我坚持到了天气渐渐转凉。

等到一楼的大厅冷得让人坐不住的时候，有一天，在同学的带领下，也因为读书会要发表文章，需要查找资料，我发现了另一个不错的地方——五楼的电子阅览室。由于有些座位的电脑被拆，尚未安装，这些空位反而成了大家上自习的好去处，最主要的是那个座椅非常舒服。自那以后，我的“阵地”就转移到了五楼。可是没过多久，发现座位虽然舒服，但这儿人没有自习室多，还是冷，而且电脑查资料时上网也不太给力，于是“阵地”继续转移。

这次转向了四楼。一方面是四楼人比较少，另一方面是我在四楼觅到了一个非常理想的座位。窗户边上，冬日的阳光透过明亮的玻璃，过滤掉了寒意，只剩下温暖。于是，每天能确保坐到这个座位就成了我最大的目标，也成了我每天早起的动力之一呢。可要保证这个座位每天都属于自己，并不是件容易的事儿。天气暖的时候，好像早上6点多就有人到图书馆了，天气变凉之后，印象中只有一次自己去的时候图书馆还没有开门，其余每次去的时候，门已经开了。每天早上，当我走进那间偌大的自习室，坐到自己精心挑选的座位上时，满足感油然而生。当温暖的阳光一缕缕洒在身上的时候，心也随着温暖起来，于是，整个世界都变得温暖了，这样的惬意是多么难得，这样的生活是多么享受啊。

因为经常和朋友们一起在图书馆享受着读书时光，有天，朋友跟我说：“图书馆坐久了，发现熟悉的面孔越来越多了。”我说何止呢，每天我坐在座位上，看着来来往往的同学，不仅能猜到他们在挑选座位时候的心思，还能发现一些小小的故事。有时候，我抬起头看着走进来的同学，心里会想，他/她这是第几次来图书馆呢，我敢肯定来的次数并不多，因为他/她找座位的时候目标并不明确，找来找去，都找不到理想的座位。在我旁边有一桌四个考研的同学，刚开始他们并不相识，后来，时间久了，大家就很默契地组成团了，每天早上，两位小伙轮流提前占好四个人的座位。偶尔他们来晚了，座位不能保证了，每到这个时候，我都替他们着急，盼着他们能早点来，甚至都在想，我要是多带几本书，说不定真会帮他们占一下座位呢。

在图书馆待久了，慢慢地就发现这儿其实有很多独属于它的故事。通过图书馆这扇窗，不仅能看到图书馆里的生态，还能从中看懂这个社会、这个世界，甚至能隐隐窥见每个人的未来。

耳机里依旧播放着那首老歌，桌面上的书却换了一茬又一茬，脑袋里的想法也是产生又消失、消失又产生。在这个过程中，我感受着自己成长的每分每秒，品味着这种生活的点点滴滴，也尽情享受着它带给我的那份满足。（作于2013年3月15日）

（三）

也许是这几年来一直心系日院的日本学研究，也许是这儿的几位导师对我格外关照吧，总之，在我没有任何心理准备的情况下，竟意外被学院录取了。

第一次见到日语学院的老师们，是在图书馆举行的开学典礼上。虽说是第一次见面，可以前看了好几年老师们的照片，我已经很熟悉他们了。尽管当时没有老师认识我是何许人，但这丝毫不影响我兴奋的心情。

在全院师生见面会上，各位导师都做了自我介绍。其实不用他们亲自介绍，我都能帮他们介绍出来。王勇老师和王宝平老师，被日本的学者们亲切地称为“江南的二王”。他们的研究成果早在我读大学时就已经进入了我的脑海，甚至可以说，我对日本历史文化的兴趣正是来自这两位前辈的引领。

开学没有几周，我顺利选到了“二王”之一的王宝平老师做我的导师，就此开启了心仪已久的日本学学习之旅。虽然跟随王老师尚不到一年时间，但其间发生的几件事情给我留下了难以磨灭的印象。

第一次去上王老师的课是在一个晚上，应该是王老师本学期第一堂课。那时候导师还没有确定，但一来仰慕王老师的名气，二来刚开学学习积极性很高，总之，我去听课了。在日语楼的二楼教室里，王老师主要讲了做研究的基础——文献的检索。他用很生动的例子，现场给大家做了示范。虽然我已经在这个领域摸索了几年，自认为还挺不错的，但那天的收获着实超出我的预期。好多东西都是第一次看到、听到，大开眼界。讲完课后，我仍意犹未尽，和老师在教室里讨论了很久，也不管老师是否已经很累，时间是否已经很晚，不管我提出什么问题，老师都热情解答，给我留下了很深的印象。

第二周的某一天，因为错过了一次课，有些问题不甚明白。趁着在日语楼的机会，贸然去敲了王老师的办公室。门开了，并不是王老师，一位非常和蔼的女士问了我的来意，非常礼貌地告诉我，等先生回来后她会转告的。我非常不好意思地告诉她，其实我只是随便过来问问的。后来我才知道那位女士就是师母。后来我也才知道，王老师平时有多忙。那天下午 3 点多，我在图书馆里看书。电话响了，接通后才知道是王老师亲自打来了电话，问我找他何事，他现在在办公室里。我二话没说，就跑过去了。事情虽然简单，但对于在学校里待了这么久的我来说，那种对比实在太明显了。在当下国内的高校里，身为一院之长，且不论权力有多大，且不论学问做得有多好，单是那摆出来的架子，就让人望而却步。而王老师的和蔼、热情、平易近人，颠覆了我之前所有的印象。

在来学校之前，我对王老师的研究成果就有所了解，但对于他的学问，仅仅是了解而已。后来发生的一件事情让我有了更深的认识。记得是年底的一个晚上，我去找王老师讨论自己的选题以及思路。王老师和我谈了很久，后来正好他新出版的书需要校对，桌子上堆满了书稿清样，我便自告奋勇帮忙校对。王老师怕我太辛苦，又叫了另外一位学长一起。工作还未开始，王老师便准备了笔，还把词典摆好。刚开始我不以为然，不就是校一下嘛，能有多难。自恃平时语文功底还不错，唰啦唰啦就翻了好几页。王老师问："没有问题吗？"我说："好像没有啊。"可是当我把看过的放在一边的时候，王老师又拿起来，仔细看看，问道："这个字是这样的吗？"我说："应该是吧。"先生问："查过没？"我说："没有。"接下来，王老师自己拿了本词典在那里不慌不忙地查了起来，查完又问我和那位学长，这个句子这个字如何如何。当我听到这里的时候，心里真不是滋味，我悄悄地把书稿放在了边上，"我帮您做另外一件事吧"。然后我就看到先生在那里仔仔细细工作的样子，时不时拿支笔做个标记，然后问我们合适与否。那种认真、严谨、一丝不苟的态度让我永远都难忘。也就是那天，我第一次知道了王老师的学问是怎么做出来的，我好像一下子明白了点什么。

一个学期很快过去了，得益于每周的读书会，我感觉自己学到了很多，也在读书会上发表过几次。我把发表的东西整理了出来，形成了点浅薄的看法。这让我得意了好久，我把这些自认为得意的东西打印出来，交给了王老师，希望能得到他的意见。王老师看后，并没有发表什么意见，只是让我好好去做。虽然心里有些失落，但我还是沉住了气，希望有朝一日能得到王老师的认可。机会不久就来了，王老师特意给我打电话说，最近某某杂志正在组稿，如果觉得可以的话，不妨投出去试试。我非常自信地投了出去，结果自然不言而喻了。事后，王老师找我谈话，他并没有提出任何批评或者说什么不中听的话，但在我心里，那种感觉却无法形容。我记住了王老师的每一句话，记住了他付出的每一份辛苦，也明白了做学问不是我这样做就行的。王老师对于选题的论证和高度把控，还有那宽广的视野以及厚积薄发的积累，永远都是我值得去好好学习的。

跟随王老师学习的时间虽然不长，但我感觉真的学到了很多。不仅仅是知识层面的收获，更重要的是学到了做学问的态度、严谨认真的作风。有时候，我总会暗自庆幸，庆幸自己来到了商大，庆幸自己跟随过王老师。（作于 2013 年 4 月 16 日）

（四）

我自己也做过老师，也给学生指导过论文。如今回想起来，不禁为自己当初的那份过度自信感到惭愧。

自从到杭州读书后，得益于读书会上各位老师的指导，写了两篇小论文，偶尔也能得到不错的评价，这极大地提高了自己原本就高涨的自信。

来日本后，在王宝平老师的指导下，我开始悉心做毕业论文的第一部分。至今，第一部分已历经四次修改，个中感触让我时时回味。

王老师身兼数职，平时还要忙于自己的研究，作为日语学院院长，大会小会，学院事务无不经其手。在杭期间，我已深知其工作、研究之忙。然而，作为我的指导教授，他对待我的论文指导工作却始终一丝不苟，反复斟酌。

因为自己此前并没有做过近代方面的研究，所以论文的选题基本上是由王老师为我拟定的。前后大概有一个多月的时间，王老师一直在斟酌这个选题，他将自己的想法告诉我，并嘱咐我一定扎实做好选题的论证。

接下来的时间里，我都在为选题论证搜集相关的资料。两个月后，当我将自己辛苦努力的成果呈交给王老师时，王老师虽然没有明确予以否定，但意思很明显，我的资料搜集工作做得相当不到位。王老师把我带到办公室，打开电脑，询问我的资料搜集方法，耐心指导我应该如何去做。

暑假到来之际，我终于完成了第二次资料收集工作，此次成果得到了王老师的肯定。暑假里，王老师打电话给我，就我的选题给了许多宝贵建议。那次通话结束后，我的内心久久不能平静。王老师在忙于自己的研究之际，却始终没有忘记对我的选题的思考斟酌。而我自己究竟用了多少心呢?

之后，王老师第二次打电话给我，认真倾听我自己对于选题的思考，之后，就我的思考提出了大量的修正意见。王老师为我的选题斟酌了这么久，这也促使我下定决心，一定要认真对待。于是，我对收集来的资料进行了初步的整理，对先行研究进行了简要的梳理。

抵达日本后没几天，王老师便来函询问论文的进展。那天晚上，我硬着头皮把自己那尚显稚嫩的成果通过邮件发过去，没有想到王老师很快就回复了我的邮件，并问我是否进展不下去了。看着王老师的邮件，我感动了好久，王老师居然一下就看出了我的困惑，我马上回复邮件，如此往来反复多次，直到凌晨，通过邮件终于把论文的提纲全部审核通过。

那天夜里，我躺在床上，思绪万千，作为老师，我恐怕真做不到像王老师这么认真仔细、独具慧眼。当然，王老师积淀了几十年的深厚知识底蕴，更是我难以望其项背的。

按照王老师的意见修改提纲后，我顿有柳暗花明之感，仿佛在迷雾中寻得了方向。一周多后，第一部分初稿大致完成，我兴奋地将其发给了王老师。第二天上午，当我从邮箱里下载出王老师修改后的内容时，一下就傻了眼，文档里满是批改的痕迹，甚至连标点、助词、数字等细节之处都被一一标注出来。那密密麻麻的批注，王老师得花多少时间，凝结了他多少心血啊！看着每一条批注，我眼前似乎浮现出王老师伏在电脑前为我辛苦批改的身影。我为自己的粗心、愚笨而深感自责。

按照王老师的修改意见，我重新认真地修改了几遍，随后再次发给了王老师。第二天便收到了王老师的回复，仍然是密密麻麻的批注。对于论文里的措辞、结构等，王老师都给出了详细具体的意见。看着这些批注，王老师的思路、逻辑似乎在我脑海里若隐若现，使我受益良多。

第三次收到王老师的修改意见时，我发现王老师大概觉得我的修改仍不够准确、到位，其中有一段内容居然被他重新撰写。第四次修改时，我花了好久的时间，还请其他的同学帮忙审阅把关，但王老师的批注依然那般细致入微。每一个字、词，甚至是标点，处处都透露出王老师严谨认真的作风。

这次论文的修改还在进行，也许还会一直反复斟酌下去。这是一个漫长的过程，其间很多方面都值得我仔细思考与用心体会。对于尚未真正入门的我来说，所有的这一切都是宝贵的学习机会，都需要用心学习。

在王老师的言传身教下，我深刻领悟到学术之路绝非坦途，需要一步一个脚印地踏实前行，唯有秉持着如王老师般的执着与严谨，才有可能在学术的浩瀚海洋中找到属于自己的方向，驶向成功的彼岸。（作于2013年10月27日）

第二部分

每一棵草都会开花

（教育与学术思考）

天才的成长①

1905年，正当日俄两国军队在中国东北激战之际，远在欧洲瑞士伯尔尼的发明专利局，三等小职员爱因斯坦完成了五篇震撼科学界的论文。与如今一个月可以发数篇、一年发几十篇论文的“大咖”相比，爱因斯坦的五篇论文数量并不多。如果再考虑到此时的爱因斯坦还只是个三等小职员，专利局最初级的岗位，放到现在，这样的职级和单位，恐怕论文能否发得出来就是个大问题。更何况这专利局的岗位还是三年前好友格罗斯曼托其父亲帮忙给介绍的，是典型的“关系户”。

爱因斯坦的出身并不显赫，他曾就读的苏黎世联邦理工学院，当时成立不到50年，并非名校。就这，爱因斯坦还是在复读一年之后考上的。

他读的是师范系，尽管他喜欢的是物理。他对专业课程兴趣寥寥，因此放弃了听课，选择了自学。

爱因斯坦没有去打工，也没有去玩游戏，更没有睡大觉躺平。而是躲在租住的小阁楼里，攻读当时德国著名物理学家的著作。不去上课并不意味着不去学校，每天下午5点放学后，别人都回家了，爱因斯坦则开始去学校，第一件事是找同学到咖啡馆喝咖啡讨论，另外不忘问一下，“课堂上听了些什么?”，

① 本文参考：[美国]阿尔伯特·爱因斯坦/编者许良英/译者：许良英[等]：《爱因斯坦文集》商务印书馆，2017年。赵峥：《物含妙理总堪寻：从爱因斯坦到霍金》清华大学出版社，2014年。

与大家一起交流交流。第二件事则是去实验室做实验。那个时候的大学实验室已完全开放，而100多年之后的现在，我们实验室还没开放到让学生可以自主做实验呢。

在大学时代，爱因斯坦并非传统意义上的好学生，他不去上课，需要借阅笔记以应付考试。班里有两位同学和他关系最好，一位是他后来的妻子米列娃，另一位是前述给他介绍工作的好友格罗斯曼。用现在流行的话讲，米列娃可以算爱因斯坦的“忠粉”，她学习一般，很喜欢听爱因斯坦“神侃”。爱因斯坦所有的笔记都是从这位“忠粉”米列娃处借来的，可这还不足以应付考试，还必须借助格罗斯曼的才行。格罗斯曼是标准的优秀学生，衣着打扮考究，温文尔雅，属于典型的“师见师爱型”。爱因斯坦靠着这两位同学的帮助熬到了毕业。

毕业后的爱因斯坦好长时间没有找到一份工作，狼狈至极。好不容易在同学的帮助下找了一份中学代课老师的工作，也只有三个月的时间，即便如此，爱因斯坦还是给同学写了一封感激涕零的感谢信。三个月之后，爱因斯坦不得不在小报上登广告推销自己。数学、物理、小提琴……只要给钱他就可以教，但也没什么人找他。

屋漏偏逢连阴雨，倒霉的不只是工作找不到，他与米列娃的恋爱也遭遇了严重的危机。他的父母坚决反对这门婚事，一是米列娃出身于被压迫民族塞尔维亚，二是米列娃有残疾，腿瘸，还比较严重，更重要的是可能是先天性的。

工作、爱情都不如意，这个年轻人怎一个“惨”字了得啊。好在爱因斯坦的心理素质比较好，并没出什么意外状况。熬了两年之后，到1902年时来运转。父亲临终前终于同意了爱因斯坦坦的婚事，成婚在望；接着昔日好友格罗斯曼托其父亲为爱因斯坦谋了个专利局的职位。有了这个来之不易的“铁饭碗”，爱因斯坦终于实现了成家立业。

从1900年大学毕业至1905年爱因斯坦发表了五篇论文。1901年一篇，1902年两篇，1903年一篇，1904年一篇。这论文数量，按照现在高校的预聘制，可能等不及转正就被淘汰了，更要命的是，论文质量据说也很一般。

就这样，爱因斯坦迎来了他的1905年。

1905年，被称为物理学的奇迹年，为纪念这一奇迹，100年后的2005年还被定为了国际物理年。

这一切都源于爱因斯坦的“横空出世”。

这五篇论文，除了他的博士学位论文，其他四篇据说都是可以获诺贝尔奖级别的。

第一篇论文中，爱因斯坦提出了光量子假说：认为电磁波是由基本单元光量子构成，这就是后来的光子，为量子力学的发展打下了坚实的基础，由此产生了光电效应的推论，爱因斯坦因此获得了1921年诺贝尔物理学奖。

第二篇是其博士论文，是他在专利局的闲暇攻读在职博士的学位论文。

第三篇中，爱因斯坦遵循牛顿力学，假设物质由原分子构成，由此推导出液体中分子扩散与液体黏滞关系，解释了布朗运动。

第四篇是他的成名作，他打破了牛顿的绝对时空观，提出了狭义相对论。（广义相对论在10年之后的1915年提出）

第五篇提出了制造原子弹的理论基础之一的质能方程：

$E=mc^2$。

杨振宁曾评价说，1905年，爱因斯坦引发了人类关于物理世界基本概念（时空、能量、光和物质）的三大革命。

这一年，爱因斯坦年仅26岁，还只是个远离学术中心、名不见经传的专利局小职员。但他凭借这几篇论文彻底颠覆了统治几个世纪的牛顿世界观，对人类思想进程产生了广泛而深远的影响。在科学史上，能与他相提并论的，恐怕也只有牛顿。

如果将这一年爱因斯坦的成就归功于机遇或运气，显然是不恰当的。早在1895年，尚在瑞士阿劳中学读书的他，就对自己的未来有详细的规划。他认为，一个幸福的人对现在感到太满意，就不可能对未来思考太多。一个严肃认真的青年，对自己所渴望的目标形成尽可能明晰的想法是很自然的事情。他觉得如果运气好能通过考试，便将前往苏黎世联邦理工学院就读数学和物理专业，他想成为自然科学分支专业的老师，并选择理论部分。他的选择基于对自己的清楚认识："我个人倾向于抽象思维和数学思维，缺乏想象力和实践能力。科学事业存在一定的独立性，那正是我非常喜欢的。"从日后爱因斯坦的成长经历来看，他基本上是按照自己的既定计划前行的。

爱因斯坦虽然有非常明确的目标，但他的成长并非一帆风顺。从意大利的中学被迫退学之后，他就开始有了强烈的上大学的愿望。考虑到他的母语是德语，且当时德国的科技比意大利先进，父亲建议他去德国，但他讨厌德国的教育方式，父亲又建议他去瑞士，因为瑞士有德语区和法语区，德语区讲和德国一样的德语。他准备报考苏黎世联邦理工学院的师范系，这是一个培养中学数学、物理老师的系。但由于当时爱因斯坦中学课程都没学完，功课一般，第一年并未考中，于是他进了阿劳州立中学的补习班，准备“二战”。

爱因斯坦在学校是不受欢迎的学生，从小学开始便是如此。一方面是因为他的学习成绩一般，虽然老师并未对此表示出什么，但更重要的是他是犹太人，彼时的德国存在种族歧视。不仅如此，他还是个无神论者，不相信上帝，而且他提出的问题净是些老师都答不出来的问题。

中学之后，爱因斯坦越来越不招学校喜欢，直到后来，校长不得不建议他退学。爱因斯坦一生对学校教育都没有好印象，他认为学校教育过于呆板，束缚了学生的思维。

40 多年后的 1936 年 10 月，爱因斯坦在纽约州立大学举行的“美国高等教育三百周年纪念会”上指出：“人们把学校简单地看作是一种工具，靠它来把最大量的知识传授给成长中的一代，这种看法不正确。知识是死的，而学校却要为活人服务。它应当发展青年人中那些有益于公共福利的品质和才能。因为一个由没有个人独创性和个人志愿的规格统一的个人所组成的社会，将是一个没有发展可能的不幸的社会。”

爱因斯坦唯独赞扬的是这个有补习班的阿劳中学。它能给学生充分的自由，无论是学习上还是生活上。他认为：“学校的目标应当是培养有独立行动和独立思考的个人。”“这个中学用它的自由精神和那些不依仗外界权势的教师的淳朴热情，培养了我的独立精神和创造精神。”从后来的结果看，阿劳中学确实也达成了爱因斯坦的目标，在学习压力不太大的情况下，他可以有时间去胡思乱想，而这些思考伴随了他十多年，最后引出了相对论的创建。

爱因斯坦在阿劳中学度过了愉快的一年，“二战”成功“上岸”。

但如前所述，爱因斯坦的大学，无论是专业还是上课的教授，可能都让他有些失望。

而就是这样的教育经历，奠定了1905年“横空出世”的爱因斯坦的基础。

爱因斯坦的成长经历告诉我们，一个人的成就并不取决于出身和学历，而是源于对知识的热爱、对真理的追求以及对社会的责任。他对学校教育的批判，对自由思考的倡导，至今仍具有深刻的启示意义。反观当今的教育现状，我们不禁担忧孩子们被大量的试卷和作业压迫，失去了探索知识的乐趣。

曾有一段时间，我陷入深深的焦虑之中，原因在于刚刚入学一年级的小朋友竟然每天都在疯狂“刷试卷”。作为课堂知识的检验与补充，刷一两份试卷并无不可，但是学校刷、托管刷，回家后的作业还是刷，从周一刷到周末，这种状况如何不叫人焦虑。小学才刚刚开始，这种教育方式能持续多久，实在堪忧。仔细思考其中缘由，不外乎是学校给老师们的考核压力，似乎只有出“成绩”才是最好的教育。成绩成为学校、老师、家长的共同关注点，可又有多少人考虑过孩子的感受呢？一年级的孩子不懂事尚可，二年级、三年级、以后呢？我不敢想象。也许对孩子们来说，似乎只有刷试卷、考个好成绩才是学习，也就不难理解，这些孩子上到高中、大学后不仅不能适应大学的自主学习，有的孩子甚至不到大学精神就会出问题。

我时常在想，我们的社会、我们的教育对孩子们似乎太不友好。在家里，父母们把自己的焦虑传导给孩子，在学校，老师把他们的焦虑传导给孩子。每天的生活似乎都是从“鸡”孩子[①]开始，最后又在“鸡”孩子中结束。不用说孩子，就是一个正常的大人，这种状态又能持续多久呢？哪怕孩子们中真的有牛顿、爱因斯坦，恐怕也不可能被发掘出来。

爱因斯坦曾指出：“提高一个人的思想境界并且丰富其本性的，不是科学研究的成果，而是求理解的热情，是创造性的或者是领悟性的脑力劳动。”我一直认为教育的最理想状态是在教会孩子们全面掌握基础知识的同时，培养他们对知识、对真理孜孜不倦保持探索精神与热情。可这些都需要花时间、花精力，且短时间内看不到效果，或者效果不甚明显。而这个社会恰恰缺乏时间、缺少耐心。我们根本没有时间、没有耐心去培养、去等待。

爱因斯坦从不把安逸和享乐看作生活目的本身，他把这种称为猪栏的理想。照亮他的道路，并不断给他新的勇气去愉快地正视生活的理想的，是善、美和真。他指出人们所努力追求的庸俗目标——财产、虚荣、奢侈的生活都是可鄙的。可是如今，又有多少人能坚持这样的理想呢？正如钱理群先生所言：“我们的一些大学，包括北京大学，正在培养一些‘精致的利己主义者’，他们高智商，世俗，老道，善于表演，懂得配合，更善于利用体制达到自己的目的。这种人一旦掌握权力，比一般的贪官污吏危害更大。”1931 年 4 月，爱因斯坦在《学术自由——论贡贝尔事件》中讲道：“大学里的讲座很多，但明智的和高尚的教师却很少见。讲堂很多也很大，但真正渴望真理和

---

① 网络用语，比喻性表达给孩子“打鸡血”的意思。

正义的青年人却不多。自然界慷慨地生产出普通的庸才，却难得创造出有高超才能的人。”放在今日，又何尝不是如此呢？我们有太多太多人把“猪栏的理想”当成了真正的“理想”，无论是学生还是老师，似乎已经完全忘却了“一个人对社会的价值首先取决于他的感情、思想和行动对增进人类利益有多大的作用”。

爱因斯坦曾言：“人是为别人而生存的，因为他们的喜悦和健康关系着我们自己的全部幸福；他们的命运通过同情的纽带同我们密切结合在一起。”我虽然并不赞同此点，却非常理解爱因斯坦的博爱之心，他每天上百次地提醒自己：“我的精神生活和物质生活都依靠着别人（生者或死者）的劳动，我必须尽力以同样的分量来报偿我所领受了的和至今还在领受着的东西。我强烈地向往着简朴的生活。”爱因斯坦博爱，是因为他深知一个科学工作者的劳动成果会对社会产生怎样的影响，一个知识分子所要担负的责任，他时刻坚持自己的行动要为人类服务的信念，毕生都在思考如何造福人类。

高等教育大众化，“大学”的意义何在？

早晨，进入校园，双脚就不由自主地慢了下来，信步踱向校园一角的花园，正值上课时间，花园里并没有什么人，安安静静的，听着潺潺溪水、阵阵鸟鸣，时间似乎都慢了下来。满树的玉兰，似乎要夺走花园的全部风光，竞相绽放，艳丽而又妖娆，远远地就能闻到扑鼻的花香，一条条垂柳泛着新绿摇曳在小路边，伸出手就好像要来个亲密接触。和煦的阳光洒在身上，温暖而舒适，似乎只要停下脚步，人就变得慵懒起来。人世间，大概没有几个人能够拒绝这样的美好吧。在一条长椅上，我坐下来，一边是醉人的美景，一边是脑海里挥之不去的几个问题，我需要整理一下思绪。

最近，一年一度的考研放榜，陆续收到不少同学发来的上岸喜报，祝贺之余，总会忍不住多问一句：打算读博吗？我并非有意窥探，只是想知道每年以数十万计的新晋研究生中，有多少人是真正有志于学术研究的。答案显然出乎我的意料，大家几乎都毫不犹豫地回答：不打算读博。既然不打算读博，无意继续从事学术研究，那考研的意义何在呢？对同学们来说，这似乎根本就是不言而喻的事，按照我的理解，应该不外乎两种情况：一是随大流，那么多同学都考，自己似乎也没有不考的理由；二是“好”工作难找，为缓解就业带来的压力而选择读研。有的同学甚至在研究生复试时直言不讳：读研就是为了找到一份“好”工作。于是，每当听到“好工作”这个词，我都会追问一句，究竟什么样的工作才算“好”呢？遗憾的是，几乎没有人认真思考过这个问题。

另外，随着考研结果放榜，新一轮的考研大军也开始摩拳擦掌，积极备战。当然，好多同学都少不了来咨询关于报考学校的选择。作为长辈和老师，我希望同学们能考上好学校，找个“好”工作，奔个好前程。作为研究生导师，我还是希望考研的同学能志于学术，在研究生阶段经过严格的学术训练，将来能为人类智慧的发展贡献力量。

然而，现实情况是，大部分同学把考研（尽管有学硕和专硕的区分）当作就业的敲门砖。当然，也有读了专硕后打算继续从事学术研究的。大家的选择，我当然鼎力支持，我只是担心辛辛苦苦地考研、读研，到研究生毕业后，现实与理想之间过大的差距让大家产生严重的心理失衡。而对那些通过专硕转向学术研究的同学，他们可能并不了解学硕与专硕的区别。

几年前，一位历经艰辛考上研究生的同学在不经意间抱怨说，如果老师当年没有鼓励大家考研，她真不会选择读研。她的抱怨让我反思了好久。其实，我鼓励大家考研的出发点，无非是希望同学们能有更好的发展。显然，大家可能高估了研究生的价值，或对学术研究存在误解。这令我想到了马克思·韦伯（Max Weber）。

1917年十月革命，沙皇帝国解体，而自1914年8月萨拉热窝事件以来的第一次世界大战已经持续了3年，以德国为首的同盟国与协约国双方都已经筋疲力尽。德国境内，各种思潮风起云涌，当时的德国青年陷入不可自拔的混乱与迷茫，在这样的阴云笼罩下，11月7日，在德国慕尼黑市的斯坦尼克艺术厅（kunstsaal Steinicke）举办了一次演讲活动，主题为“学术作为志业”。偌大的大厅被挤得满满当当，除了年轻的大学生之外，还有不少著名的学者。这次的主讲人正是当时颇负盛名的思想家马克思·韦伯（Max Weber）。韦伯希望通过自己的讲演帮助青年们抵挡迷惑与思想的腐蚀。

在讲演中，韦伯首先介绍了学术作为一种物质意义下的职业，具有怎样的面貌并进行了解答，他指出“一个身无恒产的年轻学者，要面对学院生涯的现实，必须承担极大的风险。德国的学术研究机构国家资本主义化，机运在大学的学术生涯中扮演重要的角色，学者与教师难以得兼。加上学术的专业化，一个人可能孜孜矻矻地努力工作，但却永远也没有自己的创见”。当“通往真实存在之路，通往真实艺术之路、通往真实自然之路、通往真实上帝之路、通往真实幸福之路”等种种古老的幻想被扫空之后，何处去寻觅学术工作的意义？学问的价值何在？”

针对此问题，韦伯借用托尔斯泰的话作了回答：“学问没有意义，因为对于我们所关心的唯一重要问题‘我们该做什么，我们该如何生活’，它没有提供答案。”他认为学术虽不能提供答案，但可以提供帮助。他指出，教师不是领袖或生命导师，学术只能给学生的“生命”提供帮助。

首先，学问能让我们得到关于技术的知识，好让我们通过“计算”支配我们的生活、支配外在事物及人的行为；其次，学问还能够给我们思想的方法、思考的工具和训练；最后，学问还可以帮助我们得到“清明”。

讲演的最后，韦伯引用《圣经·旧约》中的一段经文，告诫年轻人想要期待新的先知，期待新的救世主还为时过早，劝导年轻人黑夜是等不过去的，在黑夜里我们仍然应当做自己能做的事情。

100多年之后，再次回顾、思索韦伯的这场讲演，我觉得对当前同学们的选择也不无启示。当学问通往真实的幸福之路被阻断，无论是学问提供给我们的关于技术的知识还是思维的方法、思考的工具，抑或帮助我们头脑“清明”，都只是提供了一条提高人类整体的道德、智慧、风尚的途径，只是一种工具、手段，似乎并不直接关联职业的选择，当然更不能直接指向同学们所预想的“好工作”。韦伯在德国的至暗时刻仍然在劝导年轻人做自己能做的事。对于我的同学们而言，最大的问题可能在于什么才是应该做的事情。

无论什么时候，我都坚信每个人都有属于自己的天资，人生最理想的状态可能就是尽最大可能发挥自己的天资。德国的另一位哲学家费希特认为学问是由关于人的天资和需求的知识（哲学的），加上关于发展和满足这种天资和需求的科学即手段的知识（历史哲学的），尚有以经验为基础，用哲学的眼光研究过去时代的各种事件，把自己的目光转到自己周围发生的事情上，同时观察自己的同时代的人（历史的）构成。我深以为然。学术就是献身于获得这些知识的过程，而学者的使命就是“高度重视人类一般的实际发展进程，并经常促进这种发展进程”。

当然，不是每位同学都志在学术。我常告诫同学们，在大学阶段要努力去发现自己，挖掘自己的“天资”。每个个体都有自己的闪光点，这个社会也为每个个体提供了属于他/她的合适的位置，使他们能充分发挥优点，贡献社会、造福社会。无论是读大学还是考研，无非是希望大家发掘自己的“天资”，而这和大家所憧憬的“好工作”并无直接关联。

改革开放以来，得益于高考制度的恢复，一大批优秀的人才脱颖而出，他们在各行各业为祖国日新月异的变化做出了巨大的贡献。彼时，大学仍属于“精英教育”，只要能进入大学就预示着毕业后能分配到一份“好工作”，拥有一个“美好”的未来。然而，随着大学逐年扩招，曾经的“美好”光环逐渐褪去，我们有必要重新审视“大学”的意义及其能带给我们的价值。

众所周知，现代大学起源于西方，而西方大学又是经历欧洲中世纪大学、英国大学、德国大学、美国大学等阶段逐步演变而来。在拉丁语中，大学是“教师和学者的社区”。从韦伯到费希特，古往今来，对于教师、学者的使命，已经有过无数探讨，他们或许揭示了“大学”的真正含义。

在日本留学期间，我曾有过一段打工经历。和我一起打工的日本人中，有好几位是毕业于20世纪90年代的大学生。在日本，公司职员意味着稳定的工作，打工则相当于国内的临时工。这些日本的大学生在毕业后的20多年间，一直靠打工来维持生活，个中缘由当然有很多，其给个人与社会带来的后果也不言而喻。

当前，大学显然已从曾经的“精英教育”逐步转变为“大众教育”，无论是持续升温的“考研热”，还是被热炒的“211大学应聘酒店服务员”的话题，说到底其实就是所谓“知识”与“职业”的关系问题，或者“大学”与“职业”的关系问题。我觉得我们可能是时候认真思考这两者的关系了，或者一直以来，我们对这两者关系的认识是否存在偏差，也值得深思。这也许和近年来积极推进专硕招生及大力发展职业教育有关。我经常给我的学生讲，在高等教育发达的国家，在读的博士研究生、硕士研究生有不少是白发苍苍的老年人，人类对智慧的追求根本与年龄无关，也许也只有在这个时候，我们才会思考，大学究竟应该为社会生产什么样的知识，也许也只有在这个时候，学者才能真正遂行作为一名“学者”的职责与使命。

“叮叮咚咚”，行人的脚步声把我从沉思中唤醒，大课间到了。我起身向研究室的方向继续前行，尽管脑海中的思绪尚未厘清，但眼前的阳光似乎越来越灿烂了。

华中师范大学的共同研究班

夜，沉沉的。京都，这座本就不是那么喧嚣的都市，到了深夜更显得寂静。唯有相国寺的钟声，一声接一声地划破夜空，穿透云霄。坐在隔壁同志社大学的研究室里，我的脑海中不由得冒出王维的诗句“寒灯坐高馆，秋雨闻疏钟”，只不过在研究室里我们并未讨论老庄的“玄言”。

2016 年暑假归国期间，留意到华中师范大学华大研究生史学论坛正在征稿，就试着投了稿，未曾想竟侥幸入围，第一次参会就结识多位好友。翌年秋季学期刚刚开学，意外接到了华中师范大学彭剑老师来京都大学访学的消息，他正是前一年我在华中师大发表征文时所在小组的主持人，他热情的招待、中肯的点评给我留下了非常深刻的印象，仰慕已久的华中师范大学近代史研究所果然名不虚传。于是，我趁机邀请他来到同志社的研究室。

虽然时间距今一晃就过去了近七年，但我仍然清楚地记得那天相聚的场景，我向他诉说了一大堆当时的烦恼，他给我讲了一些在京都大学的访学体会。我们相谈甚欢，畅聊至深夜，甚至错过了彭老师回家的最后一班车，据说彭老师回家时已经快天亮。

那天晚上，我第一次听彭老师提及他有意在华中师范大学借鉴京大共同研究班的模式，组织类似的研究班。对于彼时已在日本研究领域摸爬滚打十多年的我来说，京都大学的共同研究班并不陌生。虽然现在我已经完全想不起来从何时起我就知道了京都大学的共同研究班，但是至少在那五六年之前，我尚在浙江工商大学读研一时，就已经有所了解，并且也听导师王宝平老师多次说起。他言及当年在浙江大学时就仿照京都大学的共同研究形式开展过一些活动，可惜这些活动要么未能持续，要么效果不佳，最后不了了之。不仅如此，据说国内其他大学也有过类似的尝试，但最终也落得相似的结局。

现在想来，王老师的话也许更多的是对我们当时组织的读书会充满期待。印象中，我刚进入浙江工商大学东亚研究院时，王勇老师（时任浙江工商大学东亚研究院院长）就向我提起过浙江大学仿照京都大学共同研究班组建的“中国正史日本传读书会”，该会后来得到国家古籍整理出版资助，出版了《历代正史日本传考注》（上海交通大学出版社，2016 年）。王勇老师对此赞赏有加，并希望我们在浙江工商大学延续浙江大学日本文化研究所的优良传统，组建“五山文学研究读书会”。于是，入学不久，我便收到了读书会的相关资料，第一次读书会在那之后不久也如期举行，全院的研究生和老师全部出席。活动流程是先由研究生前辈进行发表，接着是听众提问，发表者回应，最后是各位老师点评。最初几周，虽然我每次都出席参加，但自己未进行发表，也就远未体会到其中的奥妙。

几周之后，我主动请缨做一次发表，内容是虎关师炼《济北集》中的《一山国师行状》。虽然自恃古文功底不错，但是要到发表之时才发现，这根本不单纯是对古文的理解，还有很多佛教用语，更加关涉日本五山时期中日间佛教交流的状况。瞬间想起了研究院三楼资料室里一大堆的禅宗、五山文学、佛教辞典等资料和工具书。从这一点来看，我们所做的可能极其类似京都大学东方文化研究所时代就开始的“会读”，即集思广益，对各类典籍文本进行校订、注解。我虽然未曾参与浙江大学日本文化研究所的“中国正史日本传读书会”，但是从日后的成果来看，我们的“五山文学研究读书会”与浙大的应该是一脉相承。我后来花了两三周多的时间对《一山国师行状》每个字、每个词，文本的产生、内容、背景等作了详细的梳理，也正是得益于读书会的发表，让研究生的课外生活变得格外充实。毕业之时，作为读书会的成果后来出版了《日本五山文学研究》（上海交通大学出版社，2015）一书。

不仅东亚研究院组织了“五山文学研究读书会”，在王宝平老师的指导下，“近代日本史史料翻译”的读书会也在我忝列王老师门下之后不久，就由王老师指定我负责主持召开。仍然是每周一次，不过由于其时王老师门下的学姐学长均已赴日，只有当年入王老师门下的六位同学加上王宝平老师自己组成，形式并未有太大的不同，每人每周作一次发表，发表之后由同学提问，老师最后点评。虽然没有前辈们的模板可供参考，但是王老师对读书会倾注了大量的心血，所以一年下来，感觉学到了很多很多。研一结束，王老师赴京都大学访学，我们几位也同时都到同志社大学交换留学，读书会也相应搬到了京都，直到后来读书会预定的目标全部完成才正式宣告结束。

时至今日，我也经常向身边的人说起，虽然杭州读书只有一年，但正是这两个读书会的经历奠定了我日后走上学术研究之路的基础。所以当彭老师和我说起要在华中师范大学组织共同研究班之事时，我当即表示赞同，鼎力支持。华中师范大学近代史研究所有着深厚的历史研究底蕴，武汉又是九省通衢之地，加上彭老师在学术界的影响力，此事一定可成。

彭老师对待学问向来严谨，我表示了支持，但是操作细节和注意事项还是讨论了很多。京都大学的共同研究班一般分为两种，一种注重文本的精读、注释；另一种则在一个主题之下，注重深入讨论。文本的精读耗时耗力，虽然功在当代利在千秋，但是在急功近利的时代未必能获得多少支持，而要谋求共同研究的可持续发展，获得普遍的支持尤为重要。深入讨论似乎更加可行，但要在一个规定的主题之下，获得更多学者的普遍关心也非易事，更何况每个人的专业领域并不一致。虽然最终成果会出版，但放眼当前，一个会议结束就有一本论文集诞生，主编的论文集似乎越来越不受学术界的“待见”，更无法与高水平期刊发表的论文相提并论，能够获得多大范围、什么样的学者的支持，我们都没有信心。不仅如此，还有一个更重要的问题是经费。日本的共同研究基本都是出于学者自身的兴趣参与，差旅费都是自掏腰包，而在国内多大程度上可行，我完全没底。

而作为主持人的彭老师则更是完全属于“费力都不知道能否讨好”的义务劳动，不仅不能获得任何实际的“利益”，还需要投入大量的时间和精力，基本都是在“为他人作嫁衣裳”，就这一点，我在任何时候想起，都对彭老师充满由衷的敬意，学者之为学者之良心，为学术之贡献，根本无须再多言。

2018年秋季开学前夕，彭剑老师结束了京都大学的访学之旅归国。之后未几，我就收到了彭老师发来的“共同研究班活动规则”及“孙文共同研究班发足”招募研究班成员的信息，几个月前我们还在商讨的共同研究班就已经正式成立。惭愧的是我虽然表示鼎力支持，但是孙文研究距离我很遥远，我除了空喊几声“支持”的口号，似乎也做不了什么。

2019 年我归国之后，在彭老师的支持下，接到了《宫崎滔天家藏民国人物书札手迹》的识别、翻译工作。面对一大批尚未面世的与珍贵史料，如获至宝，再不支持已经说不过去。我联系彭老师在孙文共同研究班报了个名。

在共同研究班“挂上号”之后，压力也就随之而来。当年我们讨论时的场景历历在目，如何能发挥我的特长又能对共同研究班有所裨益，尤其是能在孙文研究方面有一点点创新是考虑最多的。

在识别、翻译宫崎滔天家藏的民国人物手札的同时，我查阅了大量的相关先行研究，涉及孙中山、戴季陶、何天炯、殷汝耕……一大堆中国、日本相关的资料，最终选出了何天炯相关的资料。当我把题目报给彭老师后，让人惊喜的是评论人居然帮我联系到了李长莉老师（《何天炯集》的编者，何天炯的孙媳）。我后来一直都在想，单从这点来看，共同研究班已经超越了当初仿照京都大学共同研究的模式，甚至超过了日本的一部分共同研究班。

事实上，日本的共同研究当然不止于京都大学。作为学术界同好交流、交际的松散组织，共同研究班还存在于东京大学、神奈川大学、东洋文库、国际日本文化研究中心等。同志社大学也有类似性质的组织，因为时间定在每周二下午，而被称为“火曜会”[①]。据说之前一直在大阪大学组织，主持的教授调任

① 火曜会：同志社大学的一个学术交流组织，性质类似于共同研究班，主要由学术界同好组成，旨在促进学者间的交流与合作。其名称来源于日语中的“火曜日”（かようび，即星期二），因该组织的定期活动时间固定在每周二下午而得名。类似的松散学术团体在日本其他高校及研究机构（如东京大学、国际日本文化研究中心等）也存在，名称和形式各异。

同志社大学后，继续在同志社大学组织。我去日本的翌年也曾参加过一学期活动，由于主题不一，完全依照发表人自己的研究兴趣，参加者虽然众多，但鲜有相同研究领域，导致三个多小时的交流很多都流于形式，真正意义上切中肯綮的评点并不多见。

孙文共同研究班不仅能聚焦于孙文研究，尚能邀请学术界的前辈给予专业的评点，不能不说是华中师范大学共同研究班的一大创举。当然，受惠的显然不仅是我，共同研究班的每场报告都尽可能安排专业领域吻合的专家评论，而且给予充分的时间，这在最大限度上保证了每场报告的质量。从我个人的情况看，报告结束后，我就将报告会上收获的建议逐一对照修改，第二年初就怀着惴惴不安的心情，尝试着投给了《近代中国》，几个月之后就收到了采用通知。唯一遗憾的是，投稿当时完全以尝试的态度，并未在文稿中题写谢词，后来还想着在校稿之时补充，未曾想文章并未经过校稿就直接出刊，借此机会，对当时报告会上悉心给予指导的李长莉教授、彭剑教授、承红磊教授等表示最诚挚的谢意。经过共同研究班的研讨，文稿能在《近代中国》顺利发表，这也从另一个层面反映出共同研究班的质量之高。

学术成果在未正式发表之前，就能得到学术界专业研究者的宝贵意见，实现了共同研究班打造学术共同体、树立学术良心的初衷。日本的共同研究并不十分注重成果在各类期刊的发表，并不是他们不注重质量，而是和日本学术界的评价机制有关。也正因如此，他们才有足够的耐心认真整理一篇可能并不能获得当前学术界高评价的史料，或者耗费大量的精力去作一个注解，甚至只是个索引。

不仅如此，鉴于20世纪初期中国革命与日本的密切关系，华中师范大学共同研究班在组织孙文研究的同时，还设立了“日本史读书会”，作为从“周边看中国”系列的一部分。“读书会由班长负责日常工作，分工翻译之后，集体讨论。每次讨论，先由一个班员朗读一段日文及对应之译文，然后展开充分讨论。一段讨论完毕，如法往前推进。”从组织和推进方式来看，这基本类似于京都大学东方文化研究所时代就开始策划的“会读”，都注重对文本的精读、注解。尽管彼时华中师范大学近代史研究所懂日语的老师、学生并不多，也没有日籍教员（如今已有日籍教师加入），但从这一读书会的组织可以看出，华中师范大学组织共同研究班的“深谋远虑”。至今，该读书会已组织了几十次活动，成为老师、学生修读日本史的重要途径，其影响不仅限于华中师范大学校内，还辐射到周边乃至省外高校。

共同研究是为了打破个人的局限，及时了解研究前沿，掌握研究动态的一种渠道，而不同学科出身的背景，不仅能提供基于个人研究的专业见解，这种集思广益的组织形式，又为拓展新的学术增长提供了可能。这也正是共同研究班能够存续的生命力之所在。在这点上华中师范大学的共同研究与日本的并无二致。

而此前担心的自费往返武汉的问题，事后来看确实也不是什么问题。武汉便利的交通，加上共同研究班在学术界日益增长的影响力，一趟武汉之行能享受一场学术盛宴，这个账恁谁也得算得清楚。在此意义上看，华中师范大学的共同研究班已取得巨大成功。这也从另一个侧面反映出中国学术界的上升趋势，还是有那么一拨人努力以学术为志业，孜孜以求学术之正道。确实，在创造智慧与追求真理方面，人类原本就无国界之别，如何谋之则因人而异罢了。

有一次我特意和彭老师聊及此话题，彭老师说在决定组办共同研究班之初，学院曾提出给予经费支持，但他出于长远的考虑婉拒了，坚持由共同班成员自费，仅在报告当日的反省会上参照日本的 AA 制，报告人当日则无须付费。经费的独立自主是共同研究班能够获得持久生命力的重要因素。的确，依赖经费支撑的研究不仅失却了构建学术共同体这一共同研究班追求的宗旨，也使其生命力受到来自外界的严重挑战。共同研究班说到底是志趣相投的学者相聚、交流、切磋的场所，如何能在个人研究的基础上，通过共同研究班取得令学术界瞩目的成果，推动学术发展、进步，应是共同研究班成员关注的焦点。

日本的共同研究班如果从京都大学算起，已走过数十年历程，几乎成为每位学者必须参与的工作，成为学者推陈出新、推动学术发展进步的重要手段。回顾过去几年，华中师范大学的共同研究班从无到有，从“孙文研究”到“辛亥革命研究”，再到举办了几十期的“日本史读书会”，每个班都吸引了数百位国内外同行的关注，培养了一批青年学者，展示了共同研究班在华中师范大学乃至中国学术界的蓬勃生命力。当前，我们正加快建构中国自主的哲学社会科学知识体系，只有加强学者间的交流与对话，发挥有组织的学术优势，打造坚强稳固的学术共同体，才能真正实现“立时代之潮头、通古今之变化、发思想之先声”，在此意义上，华中师范大学共同研究班正逢其时，大有可为，期待其未来的光明前景。

大学“关门落闩”，关上了什么？

从办公楼回来后，我站在卫生间的镜子前上上下下、左左右右仔细打量了一番镜子里的自己：短短的寸头，虽然有点稀疏，但是也整齐地装饰着这颗不太聪明的脑袋。一袭长款的羽绒服，是年后才刚刚新换，里面的衬衫也是我精挑出来的亮色，配着深色的外套，显得比较正式而庄重。笔挺的西裤加上黑色锃亮的皮鞋，怎么看都是我一贯的着装风格。

自从学习日语以来，得益于经常和日本人打交道，和任何人见面或者告别，我都会不由自主地点着头同时也不忘哈一下腰，因此经常被朋友们戏谑有“鬼子”气质。记得有一年去韩国首尔参加学术会议，晚上出门去了一家超市，刚一进门，店员就冲着我噼里啪啦地讲了一通日语，明明我在进门时他还在和别的顾客用韩语交流。离开店里，我还在一直嘀咕，难道自己就这么有“鬼子”气质？

这几年我基本上都待在学校，并未怎么在社会这个“染缸”中浸染，看着镜子里的自己，我觉得自己并未有太大改变。

那问题出在哪里呢？

上午，正在研究室里琢磨着手头的东西，一走神恰好瞄到了一个来电（手机从来都是静音）。应该是办公电话号码，我接了起来。对方急切地确认了我的信息后，说已经打电话好几次了都没联系到我，如果可以的话，去一下行政楼。我看着手头的活儿，迟疑了一下，回复他等我下班路过的时候去。

11点半，我收拾出了门赶到了行政楼。穿着制服的保安，拦住了我的路。“老师，您要干吗呢？”我说我约了行政楼的老师过来办点事。保安指着门口显示屏上的时间告诉我说，这里已经下班了，老师们都已经去吃饭了，你下午1点半再来。我感觉我再继续坚持已毫无意义，便闭上了自己的嘴巴。转头离开的时候我还问了句：“不行，是吧？”那位保安似乎得到了极大的满足，得意地告诉我说：“下午再来吧。”我没有再回头，离开了。

下午下课后，我回研究室的路上要路过行政楼，心里嘀咕了无数遍：“去还是不去，去还是不去？”

一位保安再次拦住了我，“老师？”我说“是的”，“干什么呢？”我说上午 ××× 办公室的老师找我，过来办点事。“拿出你的证件来”，我说我一个老师，总不至于天天还带着工作证吧。保安似乎听我说的也有点道理，但还是不依不饶。“那打开你支付宝里的证件。”我心里嘀咕着，支付宝里的证件怎么会证明我是老师呢？我是从来不用支付宝的，他看着我生疏的样子，帮忙点开了我支付宝里的证件。果然，里面什么都没有。

保安看着我说：什么都没有怎么证明你是老师呢？我想起手机里装了门禁卡，不知道是否可以作为证明呢？我问：“必须要证件吗？”保安坚定地回答：“必须要证件。”这时门外进来一位女士，她问保安：“要证件吗？”保安回答：“你不要。”那位女士看了我一眼进去了。

我尴尬地站在那里，看来需不需要证件并非铁定的纪律，我似乎也根本没有必要再去展示我手机里的门禁卡了。我接着问道："我还是不可以进去吗？"保安坚定地回答："不可以。"

我掉转头，也不想再进去了。

回到研究室，放下书包，我就去了卫生间，站在镜子前面，仔细端详着自己：是我最近"戾气"十足，还是"鬼子气"十足？再或者我的衣着流露出了什么让人不适的感觉？

我想起了另外一件事。

寒假期间，难得没有上课任务，也没有其他杂事。于是一心想着重新申报一个课题，正当我在研究室里奋笔疾书时，"咚咚咚"的敲门声中，一位大叔模样的人走了进来，"你是哪个学院的？"我回答说"×× 学院的"，"我们这里有门禁你知道不？"我点点头，看看电脑上的时间才晚上 8 点多。我问他门禁是几点呢？回答说"11 点"。我笑着说："这不是还早着嘛。"看着我的笑容，那位大叔似乎很不高兴，脸色一变："我怎么可能等你到 11 点。"我被他突然的变化都有点吓到了。11 点，对他这个年纪的人来说似乎确实有点不近人情，我低下头用商量的语气说，那要不您早点休息，把门锁挂门上，我出门的时候锁。大叔一听，更不高兴。"那怎么行，出了问题怎么办？"我说："那我该如何是好呢？"大叔说："再给你几分钟时间，收拾一下，9 点左右就关门。""我……"，我忍住了辩解，再多说也无益。我收拾起书包，大叔得意地离开了。

日本留学近 7 年，我几乎都是"看着月亮从窗户上升起，看着月亮从窗户上落下"。无论冬夏寒暑，每个深夜我几乎都是在研究室里度过的。漫长的日月中，无论是研究室的门禁还是那栋研究大楼的门禁，门口的保安看见了都会礼貌地打声招呼，从来没有因为门禁而有过任何的不愉快。而如今，研究室的门禁似乎都成了问题。

我也不想熬夜，也不想天天蜗居研究室，可是想着自己计划中的任务，如果继续这样下去，这个寒假就报废了。

第二天，吃过晚饭我就到了研究室。未进门我就先去找了那位保安，看能否通融一下，让我在研究室多待会儿。结果对方抛过来冷冰冰的一句话："你去拿校办的批条来。"正值寒假，整个校园也没几个人，让我去哪里找校办的批条呢？我问他，那早上几点开门呢？他说："6 点"。我点点头回到了自己的研究室。

8 点半刚过，"咚咚"的敲门声中，那位保安又进来了。看着桌面上自己订的计划，我说我今晚不出去了，你锁门吧。他似乎有点不太相信似的又确认了一遍，我坚定地回答说："你可以锁门。"他离开了。

我的心也乱了，如果大学的所有保安都是这样，我真不知道老师们的研究是如何做出来的。

对付着，对付着，终于迎来了新学期的开学。随着学生们的到校，昔日里黑咕隆咚的研究大楼也终于亮起了灯。去卫生间再也不用拿着手机照明了。

似乎终于可以安心地躲在研究室里做点自己的事了。"啪"，研究室的灯突然暗了，我看着突然断电后依旧亮着的电脑屏幕长长地舒了一口气，庆幸前几天刚刚换了电脑的电池。要是因断电使忙乎了一晚上的文档没有得到保存，我觉得我会发疯的。抬起头，看着窗外明亮的灯光，我瞬间冒出了一堆问号。打开门，果然只有我的研究室里停电了。走廊里、楼梯间，都是同学们的脚步声，看看手机时间，才 10 点半，看来又到了门禁时间。我满心狐疑地四下里寻找断电的原因。研究室的侧背面，墙上挂着的铁皮箱，一排排的电闸里，只有对应我的研究室的电闸是关着的。我轻轻地扳了回去。等我刚进研究室，还没坐下，灯又灭了。我赶紧走了出去，转到电闸那边，一个人影从走廊的尽头转了过去。打开铁柜们，我的电闸又被关了。我再次扳了回去，返回研究室，站在门口。不出所料，灯又灭了，我开门就跑了出去，之前的那位保安出现在转角处。我忍着一腔怒火，对他说："你可以让我走，但是请别突然断电。"说完，我转回了研究室，借着手机的灯光开始收拾东西。就在收拾中灯又亮了。我苦笑着，关上灯离开了。

我庆幸自己前几天刚刚给电脑换了电池，否则，我这一晚上的辛苦真是付诸流水了。

前几年，有一次在另外一所大学的研究室，依旧是深夜 11 点多。门禁时间过后，楼上的保安大叔打着手电筒顺着灯光找到了我，告诉我说，他是负责管理这栋大楼的，鉴于门禁时间到了我还在，他就把楼下的大门给留了个缝，待会出去的时候锁上即可。另外，他还告诉我说，他睡在二楼的 ××× 号房间，如果以后任何时候有被锁住或出不去的时候，就去那个房间找他。听完他的话，我瞬间就被暖到了，我感激地送他出门下楼。

任何时候，无论什么事情，我们都害怕比较，同样都是大学，完全不同的遭遇，带给人的冷暖也完全不同。当所有的门都被锁起来的时候，我真不知道这研究室的存在还有什么意义。教学大楼、办公大楼的门都不能随意进出，伤害的恐怕不只是老师、同学们的尊严和积极性。

回到研究室后，我给办公楼的老师回了电话，告诉他，不是我没按时过来，只是保安没让我进去。对方忙说，老师你在哪里呢？要不我给你送过来。我说不必了，我暂时不想这件事了，过几天再说。

世界这么大，不想去看看吗？

时间已经过去了整整一年，我还清楚地记得那天下午在班上给新入学的同学“洗脑”：就本专业的学习内容、前景等作了比较详细的介绍。从教15年来，虽然这项工作不是每年都由我来负责，但即便不在专门的课上，我也会见缝插针地给大家大致描绘一下专业的概况及其发展前景。我一直坚信，相较于同学们，尤其是新生，我更了解自己所从事的专业，也希望同学们对本专业有一个更清晰的认知。我深知主动学习的效果远胜于被动的灌输，因此，我向大家介绍专业，不只是为了让大家有所了解，更希望同学们能从中看到自己可能的未来，进而主动设定目标，更加高效自主地投入学习。

如果说单纯讲解知识和专业理论会让大家生厌，那么这些给未来“画饼”似的介绍显然更能激发同学们的听课热情。这不仅有助于同学们在专业上明确自我定位，而且，作为老师，自认为还是懂得如何去提高同学们的听课积极性、如何去抓住同学们的注意力的。多年来，这种方法确实也屡试不爽，也在无形之中增强了我对这种“洗脑”式教育的信心。至少在过去这么多年里，我似乎并未遇到什么问题。于是，当一年前接到为新生进行“洗脑”教育的工作安排时，我没有丝毫犹豫就答应下来，这总比讲专业知识来得容易又有趣。

凭借十多年的专业经验加上课前的充分准备，在90分钟的时间，我口若悬河、滔滔不绝地（自我感觉相当良好）介绍了专业的学习、未来工作前景、留学选择、与其他专业的结合等同学们可能关心的问题，末了鼓励大家一定要好好学习，至少将来能够找到一份不错的工作。“洗脑”结束之后，看着同学们脸上舒展开的笑容，听着热烈的掌声，我的内心又平添了一丝得意，看来这次的工作完成得相当成功。

下课的铃声适时响起，我照例收拾好自己的“行头”，站在讲台边等待同学们的离开。考虑到有部分同学课上不敢提问，我一般都是走在大家的后面，等大家都离开教室后我才离开。因为刚刚的课上，我已经给大家留了充分的提问时间，也都耐心解答了大家的疑问，我以为就这样结束了。但事实不仅证明了我的错误判断，还给我留下了一个让我思考一年之久的问题。

一位女生在几位同学的簇拥下，站在了我面前。“老师，您讲得非常不错”，她刚一张口，就让我小小地得意了一下，这么多年都没失误过，讲这些对我来说实在没多大的挑战。我忍住内心的得意，这孩子难道是特意来肯定我的讲课水平的？“但是，您讲的那些，距离我们太遥远”，听到这里，我的心不由得“咯噔”了一下，看来情况并非所料啊。她非常懂得说话的艺术，懂得如何得体地反驳老师的观点。我好奇地竖起耳朵，“老师，我来自 ×× 县，我没有您说得那么远大的理想，我并不想生活得太累，我就是想读个大学，以后回县城过个轻松点的生活就好”。

到此时，我终于明白了她的问题。仔细想想这么多年里，我似乎真没考虑过“不想”或者“太累”的问题，我想当然地认为，每个同学一进校都应该树立远大的理想，我不过是让大家的理想能通过专业的学习，与专业相结合，以更清晰的形态呈现出来而已，但是现在居然有同学直接表示了否定，这表明我刚才讲的内容是多么的“不接地气”啊。我一边暗自琢磨一边故作镇静地迅速调取脑海里的知识及经验储备打算反驳她的看法，但是我又有点犹豫，她能这么和我说，说明这个想法在她心里应该是经过深思熟虑的。在流行“躺平”的时代，且不论大家所承受的压力大小，换一种轻松点的生活方式未必就不好。与大城市动不动就要耗尽“六个钱包”才只够买几十平方米“蜗居”住宅的生活方式相比，在没有进入“线”的县城里同样的价格足够买个超级大的“豪宅”。作为一位很清楚自己“定位”的女孩子，至少她对“幸福指数”的理解应该比同龄的其他同学似乎更加清楚。

思虑到此，我更加好奇她这想法的来源，她是不是经历过什么。

“老师，我并没有经历过特别的什么事，我只是看我的家人、亲戚、老师，感觉太累了，人活一辈子，多不容易，干吗要搞那么累啊？”

这下我完全明白了，真没想到刚上大学的孩子们居然就已经这么“佛系”了。仔细想想，人生不长，轻松幸福地过完此生，不留遗憾地离去，似乎也是一种不错的生活方式，何苦要把自己逼得那么累呢。虽然我刚刚课上讲的“豪言壮语”仍然回响在脑海，但此时我似乎也没有更合适的理由也没有资格去要求一位对自己未来如此“清晰定位”的同学去做什么。

我问她，毕业后回县城，打算做什么工作呢？她没有丝毫犹豫地告诉我说，想当个老师，所以想换专业。她还是想得过于简单了，我问她：“你知道现在编制内的老师凡进必考吗？”

她摇摇头。

“我尊重每个人自主的生活方式，但前提必须是经过深思熟虑后的慎重选择。”我强调说，“你才刚来，应该好好努力把专业学好。”她点点头，道了谢和其他同学一道离开了教室。

走出教室，我松了一口气，但是我的心始终没有放下来，我知道我的回复太敷衍了，那个女孩儿应该并不满意我的回复。

近些年，人们的生活压力与日俱增，“躺平”“佛系”“划水”“摆烂”，这些新的流行语被用在了各种各样的场合。而随着年龄渐长，自己也越来越觉得已经过了“奋斗”的年纪，不经意间很多想法也发生了改变。放在以前，我怎么可能接受同学们所谓“不想”“太累”这样的想法？而现在，我居然在有人提出疑问时作出了选择性的避重就轻的回复，这样的回答连我自己都不满意。

可是，我该怎么去说服一位刚进校就想“躺平”的学生呢？我第一次感觉到了前所未有的“危机”，我意识到了曾经屡试不爽的“画饼式洗脑”教育此时已经失效，我该如何先说服自己呢？

称之为“精致的利己主义”也好或者其他也罢，大学对于很多人似乎已经失去了魅力，至少不能让人立竿见影看到前（钱）景，一些末流的大学更是如此。学生没有学习“动力”我非常能理解。但是这就能成为“躺平”的理由吗？答案显然是否定的。可是如今那些“空洞贫瘠”的“画饼”理论已经不能再吊起同学们的“胃口”，该如何去说服自己，说服同学，我陷入了深深的思考。

时间就在我的思虑中一天天逝去。我特意去留意了那位同学的学习状况，没有丝毫的意外，从任课老师那里得到的回复是成绩一般。我犹豫着是否找她再聊聊，可我还是没想好该如何去说服她。很多次，我甚至把聊天的提纲都列了出来，但最终还是被自己先否定了。

就在我犹豫间，一天，她主动来找我，还是坚持想换专业。我再次向她确认，一定想回县城当老师？她摇摇头说，了解了一下情况，好像不容易。我说确实不容易，但只要努力，一切皆有可能。她还是摇头，并告诉我说，据说待遇也一般。我点点头回答，待遇确实不高，老师是高尚的职业，与金钱无关。她似乎也在犹豫，询问我转专业的意见。我说，我肯定觉得我从事的专业好，她想转入的专业，只要真心喜欢，也可以自学的。我问她是否了解想要转入专业的状况，她摇头。我直截了当告诉她，转专业不过是在逃避现在的学习压力。她轻轻地点点头，似乎认可了我的说法。我让她别给自己找这么多借口，先按照要求把本专业学好，如果本专业学不好，转专业恐怕也不容易。她点点头离开了。

学期末，在各种匆忙中迎来了转专业的通知，我的心一直处在不安之中，我在犹豫如果那位同学提出转专业申请，我该如何应对。从上次的谈话中，我已基本上明白了她的想法，从紧张的高三好不容易考到大学，她的既定目标显然已经实现，而也许是前程过于疲惫，抑或确实尚未找到新的更加诱人的目标，才让她产生了“躺平”的想法。

就在我尚处于忐忑之中时，有一天下午，去食堂的路上正好见到了她。我邀她和我一起吃饭，顺便聊聊。

我询问了她家里的一些情况，得知我在日本留学，以及去韩国、越南以及国内不少大学讲学，她好像很有兴趣的样子。我问她以后有机会的话，是否有意去外面转转呢？她点点头。

看来外面的世界对于从未出去过的人来说，还是有一定的诱惑力的。我接着告诉她，专业还是得努力学好的，以后至少比其他专业有更多出去的机会。我再次向她确认以后的想法，她摇着头。

我劝她得多读点书，给自己确立一个短期和中长期的计划，如果眼下实在找不到努力方向，那就借用那句时髦的“世界那么大，不想去看看吗”。短期内还是把专业学好，为未来打好坚实的基础，课余多读点书，找找自己的兴趣、爱好，把自己最擅长、最闪光的点努力发挥出来，也许就能一步步找到自己的目标了。她一边点头一边应着我的话。

我还顺便告诉她，我最近刚刚接到了她一个学姐的消息，这位学姐终于攒够了出国留学的费用，要知道她从毕业至今，为此奋斗了近10年。我告诉她说当我听到学姐发来这个消息的时候，我的心都在滴血，感动的已经不只是眼泪了。活着，都不容易，记住自己的初心，记住做任何事都要坚持，她点着头询问了我关于这个学姐的一些事。

虽然有点遥远，我询问了她是否有考研的想法，她说，周围的所有人都有这想法，她也想试试。我心里一下子就乐了，告诉她，也许在书本里或者很多老师那里都听过好多遍要为祖国、为社会做贡献，想想是不是觉得距离自己很遥远呢？她点点头。我说你知道国家战略支持的行业吗？她摇摇头，我说你只要有想法，以后选择一个国家战略支持的行业，个人的命运马上就和国家的发展密切联系起来了，这从个人出发是个人的追求，而从国家、社会的角度出发，就是真正报效祖国，所以可以多关注一下国家战略。我告诉她，20世纪30年代，梁漱溟先生曾说愿终身为民族社会尽力，并愿使自己成为社会所永久信赖的一个人。他认为混乱的中国需要有人一面在言论上为大家指出一个方向，并且在心地上、行为上大家都有所信赖于他。唯有如此才能形成民族复兴的力量，他靠着自己的勇气、自信、兴趣、热情，发起轰轰烈烈的乡村建设运动。现在这个时代，我们根本不需要考虑那么多，只需要关注一下国家大政方针，凡事只要有想法，付诸行动，就马上清楚了自己应该走的方向。她点头说，她知道该怎么做了。

压在心头一年多的石头就这样终于落地了，我的心也终于释然。从食堂回来的路上，我一直在想，时代在改变，同学们在改变，这一年来真正“躺平”的也许只有自己，是我顽固不化，没有改变自己的工作方式而已。

两千万元带来的思考

天，阴沉沉的，正如此刻我的心情。

一整天的时间我都坐在桌前批改同学们的试卷。这次的试题并不难，考试成绩也还过得去。影响我心情的是同学们写的作文，让我越看心里越不是滋味。考试，虽然可能无数人有无数理由批判这种测试形式，但是截至目前，我仍然觉得这还是一种比较有效的检验方式。至少通过这样的形式还是可以反映出不少问题的，当然绝不仅仅局限于日常的教学内容与教学效果。毕竟在命题之时，已经预设好了测试目的。当看到这次考试的备选试卷时，我毫不犹豫地挑了这份，作文题目是：当我拥有两千万元……

两千万元，对于普通人来说未必会有太明确的概念，若按照月平均工资 5000 元来计算，不吃不喝一年也就是 6 万元，200 年时间也赚不到那么多。就算翻一番计算，每月 1 万元，不吃不喝一年也才 12 万，对于大部分人来说，这绝对是可望不可即的人生梦想。毕竟在全民都在为买一平方米住房而呕心沥血的今天，两千万元足够在东方魔都买下一套相对奢侈的住房，更不用说一般的城市。当然对普通人来说，生活的压力可能不只是住房，生病的人担心医疗，没有车的幻想一辆豪车，而对于生活在温饱线上的人来说，可能单纯地只剩下衣食无忧。生活不易，心存幻想未必不是件好事，可能有太多人都在心心念念等待能从天上掉下来巨额的财富，比如两千万元。

同学们的作文中，大多数人的选择停留在买好吃的、好玩的、大房子、豪车等物质追求上，有几位同学还写到要给自己的游戏充足够的钱，只有极少数同学写到要把一部分拿出来捐献给处于困难中的人。作为一篇想象作文，无论怎么去虚构其实都不要紧，但这也很明显地从侧面反映出一些问题，可以想象这部分同学的日常生活，让人不得不反思日常教育中存在的问题。

首先可以肯定的是，眼下无论是再怎么贫困的学生，至少我所接触的，温饱已经根本不是问题，有很多已经远远超过了一般水准，但他们仍然去追求所谓好吃好喝的，我觉得大家似乎在严重高估物质带给人的满足感。对于基本固定生活在一个地方的传统中国人来说，从小吃到大的应该才是最有味道的，山珍海味若天天吃、顿顿吃也会吃腻。就像一位经常穿梭在世界各地的朋友所讲的，各地美食对他根本没有丝毫的诱惑力，吃喝仅仅只是为维持生命，如果可以有替代吃喝的，他宁愿把这时间都给节省出来。我也一直都坚信口腹之欲应该是人类最容易满足的。

其次可以想象得到的是住房条件。不用说是城里的高楼大厦，就算是乡村小镇的民居，经历过这几年的精准扶贫之后，几乎都翻新变成了独栋小楼。内部的装修无论奢华、简约还是毛坯，差别可能只在于内心的舒适度以及居住其间的人的追求。正如日本的茶室与金阁，简素与奢华只在于主人内心的追求。我从未觉得陕北人住了上千年的窑洞就比高楼大厦要差，如果说不同可能只是观感的不同罢了。只要能遮风避雨，家，是否温暖，取决于这家的人，而非家这个物质本身。

我一直在告诫我的学生们，当某一天温饱问题解决、生活富足有余，思考一下自己的内心追求，这才是最应该解决的问题。无论什么年代，人世间有很多人都在浑浑噩噩地过着日子，因为他根本不知道自己内心的真正需求。

近几日，恰好本年度诺贝尔奖获奖名单公布，我和小哥开玩笑说，你知道这次诺奖公布后最受益的是谁吗？是我！我了解到安妮·埃尔诺的经典作品《悠悠岁月》居然是她在 68 岁高龄时写成的，这也让我看到了无限的希望。小哥一听，哈哈大笑起来。

倒不是说自己的追求是诺贝尔奖，我只是喜欢看点书写点字而已。在日本读书期间，博士班里那些高龄的“爷爷”“奶奶”级的同学难道他们缺吃少住？当然不是，博士的学费每年都得上百万日元。我特别能理解他们顶着苍苍白发来读博士的心境。如果说他们只是为了一顶博士帽或者一个博士文凭来读书，那显然过于庸俗化了。他们经过几年的苦学，就算顺利获得博士文凭，也已经不能给他们带来任何物质方面的利益了。对他们来说，在尝尽人间酸甜苦辣咸后，在最后的岁月选择用知识来丰富自己的内心世界，也许只有知识带给心灵的满足感才是他们真正的追求。

近代以来，中国不计其数的革命先烈抛头颅洒热血，一代又一代前仆后继，靠的也是自己内心对理想的追求，这些绝非用物质所能衡量。熟悉近代中国航天事业的人可能都知道，中国第一代飞行员的出身几乎都是“非富即贵”，他们完全可以选择更加安逸的生活，但是他们没有，为了实现心底的抱负，他们最后全部选择战死在祖国的空域。生活在和平年代，我们已不需要抛头颅洒热血，不需要像先辈们那样生的伟大死的光荣，但是无论如何还是应该有点物质以外的追求。

用两千万元来满足自己的物质追求，无论怎么讲都高估了物质带给心灵的满足感。人类内心的空虚是不能用物质来填满的，任何时候，能够坚持让自己一直坚定地走下去的“内动力”应该都是发自心底的需求，这，绝不是简单的物质可以替代的。

看完同学们的作文，我深深地陷入了思考，我觉得有必要再和同学们认真地聊聊。

每一棵草都会开花

十多年没有联系的一个学生突然通过微信找到了我：老师，我终于考上 ×× 公务员了。我一边向他表示祝贺，一边迅速地从记忆中调出了他的全部信息。

十多年前，我从遥远的大西北第一次来到江南，实现了自己奋斗多年的梦想，终于走上了讲台。看着台下甚至有些比自己年龄都大的学生，我又是欣喜，又是惶恐，不敢有丝毫的懈怠，不仅在教学方面倾尽全力，在学生的生活、思想指导上也竭尽所能。我坚信：外语学习，只要坚持，就一定能学得很好；只要用心，没有教不好的学生。不大的年龄加上热情，没过多久我就和学生们打成了一片。

这个学生是当年班里的一员。个子不高，身体微胖，比较腼腆，说起话来稍微有点口吃。他来自当地乡下，家境不甚好，好不容易考上大学，跳出农门，家里对他寄予了无比的厚望。也因如此，他学习非常刻苦，但是成绩并不和他的努力成正比，十分不理想。于是，很自然的，他课前课后便经常来找我。

其时，我刚当上老师不久，并没有太多的教学经验，但是通过几年的学习，我深谙外语尤其是零基础入门的学习之道。

我曾经无数次地鼓励学生，应该把学过的课文全部背会，甚至私下和学生们达成协议：如果愿意接受监督的话，每周我来检查背诵的熟练情况，甚至每天的读书情况都得报告给我。为了激发学生们的学习热情，充分发挥每个人的学习主动性，我也曾要求大一的新生在开学之初，就做好自己的大学计划及人生规划，其他年级的学生则每个学期都制定相应的学期规划。愿意接受监督的学生，将这些计划与规划都交给我，并在每个学期末做一次总结，看看距离自己的梦想是远了还是近了。

日语对于大多数学生来说，是一门零基础的外语，学习中难免会碰到很多问题，为了方便大家提问，我曾和学生们约好，每天中晚餐时，我按照固定的时间走固定的路线，制造与学生们相遇的机会，随时解答在学习中遇到的问题。

在所有这些我制定的规矩里，他是最忠实最认真的执行者之一，但是学习成绩一直在中下游徘徊。为此，我们交流过很多次，仍然没有太大的改善。最终，我不得不将原因归结为语言学习的天分不足。大三时，考虑到他的文科基础，尤其是历史方面的积淀非常不错，我给他推荐了几所考研学校。这几所学校所考的内容都是中文历史，专业日语作为二外，于他来说，优势非常明显。

他听从我的建议，最终选定了目标。我花大价钱买来一些相关书籍借给了他，一切好像非常顺利。

但是到了大四上学期，进入复习备考之时，事情却发生了变化。他回了一次家后，跟我说，他的一个亲戚在某地任公务员，希望他去考公务员。我告诉他，当地公务员考试是在考研结束后几个月才进行，这两者并无冲突，可以先考完研再去考公务员。他虽然点头应着，我却明显感觉到了他的动摇。

之后的日子里，每次上课，我仍然会不断鼓励他备考研究生，他也会定期报告学习状况。我依然能感觉出他的摇摆不定。研究生考试结束两个月后，成绩揭晓，他以几分之差失之交臂。

又几个月后，他的公务员考试也以巨大的差距名落孙山。

就这样毕业季到了，无奈的他只得去了沿海某市，非常幸运的是，一家有名的日企接纳了他。我当然很高兴，鼓励他好好工作。

一年的时间在忙忙碌碌中悄然而逝。第二年夏天，暑假，我依然坚守在学校里。一天，他突然来了一个电话，说他已经在校园里了。于是，约了个地方，我们再次见面了。他告诉我，他已经考到了某地的“村官”，我有点惊愕。

他说，他在某市工作一段时间后，深深地喜欢上了那个地方，但是对工作不满意，又报考了当地的公务员，却相差甚远。不得已，接着考了家乡的公务员、事业单位等考试，均以失败告终，最终，只有“村官”考试顺利通过。此次就是在“村官”报到手续的途中经过学校，特意来报告一声。我说了很多鼓励的话，建议他继续努力一下研究生考试。他似听非听地应着，便分开了。

又是悄无音讯的一年，夏天，电话突然响起，还是他，还是途经学校，告诉我说他继续报考了某市的公务员，再次失败了。

第三年，他说又考了一次，依旧是失败。

那之后，每年夏天到来时，我的头脑里都会闪过他的身影，却再没有他的信息。

就这样，时间一晃竟然过去了十多年。这十多年里，我送走了一批又一批的学生。这十多年，加上我自己学习日语的四年大学生活，我碰到了成千上万的日语专业学生，在这么多的学生里，我总是能从记忆中迅速检索出他的身影。因为，那是我当学生、当老师的全部岁月里，唯一定义为一个没有学习语言天分的学生，也是我一直觉得非常非常遗憾的学生。他是那么努力，当年我要是再多鼓励鼓励他，或许他就有更好的前景了。他考研的那几分之差，就像一个梦魇一样时不时地出现在我的脑海。

十多年，微信从无到有，成了生活中不可或缺的一部分。记忆会随着时光变淡，但要让我完全忘却，也不容易。就在这淡淡的记忆与近乎忘却之间，他却再次通过微信冒了出来。

他告诉我，十多年来，他每年都去某市参加当地的公务员考试，一方面是因为他改变不了对那里的热爱，另一方面是他没有听从我的建议，没有好好准备复习考研，在最不该动摇的时候动摇了，导致了无限的遗憾。那么既然选择了公务员考试，就再不能动摇，于是，一直坚持了下来，没想到这个过程居然持续了十多年。

和他聊完后，我陷入了沉思。每一个人可以有无数个理由去选择自己前进的方向，而每一个选择都可能造就不同的未来。在通向未来的道路上，除了方向，还需要找到足够让自己前进的动力。它可能是一个人执着的追求，也可能仅仅是为了一个承诺。对他而言，或许两者兼有吧。

我想起作家丁立梅讲过：面对学生，不敢轻易看轻他们中任何一个。他们就如同乡间的那些草，每棵草都有每棵草的花期，哪怕是最不起眼的牛耳朵，也会把黄的花藏在叶间，开得细小而执着。

第三部分

窗外

（社会与文化观察）

日本小学生眼里的中国

在日本生活了近五年，我一直觉得，中日之间其实是很渴望交流的，只是我们彼此太不了解对方了。尽管改革开放以来，负笈东瀛求学的中国留学生一批接着一批，每年赴日旅行的中国人也以几百万计，但是中国依旧不了解日本，正如日本不了解中国。

在中国，“抗日神剧”描绘出一个个面目狰狞侵略者的近代日本形象。而在日本，年轻的一代陶醉于战后日本经济高度成长带来的物质繁荣，对海外的兴趣逐渐丧失，中国的形象似乎已经被固定在了改革开放之前。

对于身处日本的留学生来说，可以有更多的机会去了解和学习我们这个近邻，当然，我们也完全可以尽自己的绵薄之力，把一个真实、进步的中国呈现在日本人面前。如何在这两者之间架起沟通的桥梁，是我留日以来一直都在思索的问题。

一次偶然给日本小学生上课的机会，让我看到了中日民间交流的希望和广阔前景。

日本实行学区制（公立），为便利起见，一般小学均就近入学。我所在的学区为养正学区，步行五分钟左右即可到市立养正小学［该小学创立于明治十二年（1879年）11月，大正七年（1918年）编入京都市立寻常小学，改称养正寻常小学，养正之校名源于《易经》“蒙以养正圣功也”，由京都大学中国学创始人之一的著名教授狩野直喜博士命名］。

因为经常出席附近的活动，一来二去，没多久就和学校的老师变得熟悉起来。日本新年刚过没多久，二年级的班主任梶谷老师回家的路上路过我家楼下，打了个招呼，正好我也要去研究室，便一路同行。路上梶谷老师给我说起了很多学校的事，还给我介绍起了二年级的生活课。然后一本正经地问我是否有时间去给小学生们讲讲课。

其实，在这之前她已经不止一次给我说过，希望能抽点时间去给孩子们上课，讲讲中国。这次我再推脱就有点不好意思了，我硬着头皮答应了下来。得到我答应去上课的回复，她非常高兴地做出了一个胜利的手势。

迄今为止，我一直都在大学里上课，从未有过给小学生上课的经历，心里完全没有一点儿底。况且，这是在日本，用作为外语的日语给日本学生上课，压力不小。梶谷老师好像知道我的犹豫，告诉我不用担心，就挑比较熟悉的中国的生活经历，给学生们介绍介绍，让大家了解一些即可。我点点头，分别之时，和梶谷老师约好两周后的一个下午，讨论上课的内容。

两周之后的下午，梶谷老师如约来到研究室，顺便还带来了她的一些备课内容，供我参考。两年前，梶谷老师以日本志愿者的身份去瓦努阿图共和国（南太平洋的岛国）生活、工作两年，以此为授课内容，给学生们介绍过在瓦努阿图的生活状况。丰富的图片配上简明扼要的说明，让人能产生身临其境之感。就这样，参考梶谷老师的备课资料，我开始准备我的上课内容。

我上的这门课叫生活课。按照日本文部省的指导方针，小学里的生活课就是为了激发儿童对知识的好奇，帮助小朋友奠定科学认知和思考能力的基础。具体而言，通过一些活动或体验，让学生学会关心人与社会、人与自然等，并在这个过程中，掌握必要的习惯与技能。

中国对于日本孩子来说，应该比较陌生，如何能在讲课的过程中最大限度地提起孩子们的兴趣，引导他们关心、了解中国，为中日友好播一颗种子，这是我在安排授课内容时考虑最多的。

考虑到小学生的理解力和认知水平，我的授课内容分为几个部分：首先，通过展示中国地图、五星红旗、天安门、东方明珠、杭州西湖、苏州园林、云贵高原、青藏高原、黄土高原等元素，让学生对中国形成一个直观的印象，并进行了详细解说；其次，我贴近小学生的生活实际，简要介绍了中国的小学情况，包括城市和农村小学的差异，以及小学生的日常生活；最后，介绍了中国丰富的饮食文化。

在讲课过程中，我会在每个部分开始前，先对孩子们既有的印象或认识进行简单的提问。从他们的回答中，我可以强烈地感受到，孩子们对中国的认识基本来自周围成年人的言论或日常生活中的感受，比如，他们听说中国比较落后、饺子非常好吃等。在进一步的提问中，比如询问他们对中国是否有兴趣、有机会的话是否想去中国玩等，孩子们的回答非常直接，好几个孩子都说没兴趣、不想去。尽管如此，这并没有给我的授课带来丝毫的影响。

大概是因为讲解内容配了很多图片，很直观，很有趣，抑或是孩子们第一次从一个中国老师那里了解到了陌生的中国，直到下课铃声响起，孩子们仍然沉浸其中意犹未尽，预计留出的提问时间，也远远回答不完孩子们众多好奇的问题。

课程结束的第二周，梶谷老师约我见面，在淅淅沥沥的雨中递给我一大袋东西。拆开后，竟是全班28个同学写的感谢信。

就在雨中，我迫不及待地一页一页读起来，一句句孩子们亲笔写的真诚的话语，就像雨落在伞上，吧嗒吧嗒，敲击着我的内心，我仿佛又一次看到了孩子们充满好奇期待的眼神。

这，注定将是一段美好、难忘的记忆。

有一种孤独，是死了都没人知道

元旦，日本新年。那天下午，刚从研究室返回家，正在准备晚餐时，忽然传来了敲门声，会是何人呢？我一边心里嘀咕，一边应着走向门口。

门是开着的，大概是听到了我的脚步声，一位老奶奶穿过门帘，探进脑袋来。原来是住在对面二楼上的老奶奶。还未等我说话，老奶奶就从口袋中掏出几个红包递过来。“要过年了，这是给孩子们的压岁钱，我也不知道她们的名字，千万别客气。”我一下子蒙了。

我都不知道老奶奶姓甚名谁，只是在每天早上送孩子们上学、入园之际，看到她总是特别准时地出现在对面二楼的窗前，出于礼貌，我教孩子们打个招呼，喊一声“奶奶，早上好”。上学的日子，每天风雨无阻。有时候，我刚出门，还未及下楼梯，就看到老奶奶已经站在窗前。孩子们看见了，也会老远就大声喊“奶奶”。有一次，我清清楚楚地看到，当孩子们喊“奶奶”时，她竟然像孩子一样就地跳起来。脸上绽放的笑容明明白白地告诉我，听到孩子们的喊声，她是多么的高兴！

我第一次这么近距离看到老人家。花白的头发稀稀疏疏，苍老的脸颊上，到处都是被岁月深耕留下的条条沟壑，身上的灰色棉衣一看就是穿了很多年的。看我愣着没动，她向前凑了凑，不容我做任何解释，就将红包递到我手里，一边说着“新年快乐”，一边就退出门外。我赶紧邀她进屋坐坐，但她拒绝了我的好意，蹒跚着朝着楼梯走去。我一边也向她道着“新年快乐”，一边慌忙穿鞋子送她出门，看着她的背影，心里涌起无限的感慨。

三年多前，我搬到了现在居住的小区，没多久，因为工作关系，我返回国内，家人则继续留在日本。有天，家人告知我说，对面楼上的一位日本老奶奶特意买了一袋橘子送到了我家。我颇感意外，毕竟从未与对面楼的邻居有过交集，怎会突然收到礼物？我仔细地询问了事情原委。家人解释道，这位老奶奶是在楼下“钱汤”（公共浴池）结识的，当时带孩子去洗澡，老奶奶恰巧在旁边。出于礼貌，引导孩子向长辈问好，由此开启了这段萍水相逢的交集。实际上，所谓熟络也仅止于浴池中的点头之交，除浴池场景外再无其他深入往来。

等我返回日本，也不记得从什么时候开始，每天早上送孩子们上学入园时，她便会准时出现在她家二楼的窗前。

农历新年到来之际，我第一次走进对面那幢楼，敲开她家的门，邀请她来我家一起吃饭迎接新年。她一边客气地表示怕麻烦我，一边非常高兴地答应了下来。

尽管我嘱咐了好久，让她来的时候别再带礼物，但她来的时候，还是提了两袋零食。她告诉说早上我家小朋友上学之时，她特意等在路口，问她喜欢吃什么零食。小朋友回答说，爸爸不让吃零食，所以她买了些水果。我心里很过意不去。

后来，我才知道，她应该对附近房屋结构非常熟悉，知道我家是和室，所以来时，还特意带了一个很大的和式坐垫。

老奶奶已经 80 多岁了，搬到现在的住所已经有十多年了。在那之前，她也居住在附近。现在那个市营“钱汤”所在的位置，十几年前是一家理发店，是她哥哥经营的，她在理发店帮忙做了 20 多年。哥哥去世后，理发店被拆除，建了公共浴池。

那天，她来我家，一直在说话，仿佛好久都没说过话似的。

我家是市营住宅（类似国内的某市经济适用房之类），除了我住的这栋和对面一座四层结构的那栋外，还有一栋十多层高巨大的回字形结构住宅。尽管楼高房多，但是实际上住户很少。我住的这栋楼，一层十几户，四层应该有四五十户，但是居住的只有四五户人家，对面也一样。

她告诉我，几十年前，这里住得满满的，到处都是人，一楼的商铺，有豆腐坊，有药妆店、书店、两家食堂、电气商、美容院等，热闹非凡。但是现在，商铺已经全部关门大吉，整栋楼只剩下几户。她没有预料到这里居然能变成今天这样，少子化、老龄化来得太迅速了，影响太大了。

我问她自己的家庭情况。她说她结婚三年就离婚了，养育有一个孩子，孙子刚刚大学毕业，过年应该 25 岁了，居住在北白川附近（距离我住的地方走路大概 15～20 分钟）。虽然两家距离不远，但是孩子们从来都不会来她这里。特别想念他们的时候，她会去一下，但也不会住，只是看一眼就返回，孩子都大了，有自己的生活，她觉得不方便打扰。

她说，她的这一生之中，最幸福的时光是田中角荣（1972 年出任日本首相，同年 9 月底，访问中国，签署《中日联合声明》，实现了中日邦交正常化，并与中国建交）任首相时。其时，日本经济正处于高速成长期，她也正值盛年，在一家保育园做厨师，每年工资都有将近 9000 日元的增幅，生活过得非常滋润。她利用手头的结余，贷款买了一处房产，可惜，没过几年，田中角荣下台，进入 20 世纪 80 年代后，日本经济的高速增长不再，她的待遇也随之回落，之前的风光再也无处可寻，房产的贷款压力与日俱增，直至无力偿还，不得不放弃。

如今，她靠着每月 10 多万日元的养老金维持着生活，每月房租得付 2 万多日元（市营住宅其实并没有那么贵，因为她的住宅的一楼属于商铺，十多年前一起租来做点小生意的，如今商铺早已关门，但租金照付），加上医疗、护理保险费用及水、电、煤气等费用，所剩勉强维持生计。看着我家开着空调取暖，她说，她平时都不敢开空调。冷了的时候，就早点上床钻进被窝，但是又睡不着，所以很多时候，都是在电视的声音中捱过那些黑夜的时光。

我问她白天的生活怎么度过的，她告诉我说，她每天很早就醒来了，把屋子收拾一下，就等在窗前，等着孩子们上学的时候和她打个招呼，她说这是她一天中最开心的时候，她的孙子都没有这么叫过她。

之后她就出门，去附近的一家咖啡店。一杯咖啡两片面包就是她的早餐。中餐、晚餐，有时候是买个便当，有时候也做点吃的。但是一个人实在也吃不了多少，所以很多时候，就是酸奶加点面包。其余的时间，她就在附近走走，散散心。偶尔，去医院检查一下身体，做一次护理。很多时候一天到晚，都说不了几句话。

那天饭间，她还讲到了她隔壁的邻居。我告诉她说，那个邻居我有印象。我第一次搬到这里时，按照日本人的习惯，应该到附近的邻居家拜访一下，但是因为附近实在也没几户人家，看到对面楼下貌似有人，就冒昧地过去打了个招呼。

那是一个单间临街商铺，没有任何招牌，透过两扇擦得锃亮的玻璃门，可以看到一位年纪比较大的老奶奶围着灶台，好像在做油炸类食品。我轻轻敲了一下门，表明了我的来意，顺便递上了一点小礼物。老奶奶客气地和我说了几句话，我见她忙，也不好多打扰就赶紧离开了。后来经常路过，发现那个小商铺的确是在做油炸食品的生意，偶尔可以看到有人会去买点。我还想着哪天也去买点，不过近期好像很少见到她。

老奶奶说，那个邻居我永远也不可能见到了，两个月前，她晚上睡着后就再没有醒过来。商铺还是老爷爷帮着经营，老奶奶过世后，老爷爷也无心经营，彻底关了。

她说，到了这个年纪，生死真的就是一秒钟的事，可能前一秒还活着，下一秒就不知道是什么样了。

听到这里，我想起了早上孩子们叫她“奶奶”时，她激动得跳起来，想起了阳历新年时，她送给孩子们的红包。我忽然能理解她的心境了。

日本截至去年，60 岁以上的人口已经超过 4300 万，占了总人口的将近三分之一。像她这样的，绝非少数。行走在日本的街头，随便一驻足，就可以感受到老龄化带给这个国家的冲击。出租车司机几乎都是头发花白的老爷爷。而无论是工地还是超市、商场停车场的 KB（保安），也清一色都是爷爷级。带着小孩子漫步在公园，会招来很多爷爷奶奶的赞叹“かわいい”（好可爱啊）。

没有了孩子们的欢声笑语，公园变得荒草丛生。孩子们不断减少，很多学校被迫关闭。少子化和老龄化不仅让整个社会出现了严重的劳动力短缺，消费减退，大量街道再也寻觅不到曾经的繁荣。整个社会也在无形中失去了活力，没有了朝气。

在日本生活久了，会慢慢发现，少子化和老龄化并非只出现在书本，或者新闻报纸上的一个概念，而是人人都可以实实在在切身感受到的。

那天，送老奶奶回去后，我的心久久不能平静，我觉得很有必要重新思考一下“人”，思考一下“人生”。（作于 2019 年 2 月）

在弋阳看可爱的中国

1935年1月29日，寒风凛冽，雪花飘飘洒洒。江西上饶怀玉山的树林里，两个国民党士兵在搜山时发现了已经七天未进食而倒在地上的方志敏。两位士兵喜出望外，满心欢喜以为能在这位共产党的大官身上搜出些大洋，发个意外之财。可是，他们从方志敏的上身摸到袜底，都没摸出一个铜板，只搜到了一只怀表和一支钢笔。失望的国民党士兵拿出手榴弹，威胁方志敏赶快拿出钱来，否则就用炸弹炸死他。面对难看的国民党士兵，方志敏微笑着说，确实没钱，想从我这里发财，是想错了。

也许对于见惯了财大气粗的国民党军官的士兵来说，他们怎么能相信眼前这位共产党大官会没有钱呢？重新仔细搜索了一遍之后，两位士兵终于停手了。方志敏对着他们讲："我不比你们国民党当官的，个个都有钱，我确实一个铜板都没有，我们革命不是为着发财！"

虽然早已经忘了这是几年级时学过的，但是《清贫》这篇文章的标题和内容像是刻在了脑海里似的，总会在某个不经意的瞬间冒出来。

几天前，当我得到消息，"第二届革命根据地经济史暨苏区研究"学术研讨会要在方志敏干部学院举行时，我喜不自禁，我终于有机会前往方志敏生活、战斗过的地方，发现可爱的中国了。

从南昌西出发，乘高铁 50 多分钟就到了弋阳。随着列车缓缓地开进站，我整理了一下手里的书，刚准备站起身，就被车窗外“在弋阳看见可爱的中国”这几个字吸引住了。没错，就是《可爱的中国》，正是方志敏同志的这篇文章让弋阳名满天下。

出发前，我给 70 多岁的母亲打了个电话，提及我要去方志敏的故乡，母亲马上就说，就是那个大英雄、那个《可爱的中国》的地方？我马上应道，就是的。

对于大多数中国人来说，提到方志敏可能马上就能想到《可爱的中国》、想到《清贫》，但是真正到过方志敏曾经战斗、生活的地方的人并不很多。一想到此，我的内心就激动起来。

跟着人流刚走出车站，就看见地面上湿漉漉的，低洼处还有积水。虽然时间已到下午，但是空气中还是弥漫着被夏天太阳烤过的暑气，湿漉漉、黏糊糊，很明显是刚刚下过雨的迹象。尽管有些热，但这湿润的空气让我感觉异常舒适。

门口就是方志敏干部学院安排的迎接车，从车站出发 15 分钟左右就抵达了方志敏干部学院。

正门前巨大的方志敏雕塑威严而庄重，彰显着方志敏在中国革命史上所作出的卓越贡献，让人肃然起敬。站在雕像前，我不禁陷入沉思。自 1935 年至今，时间还未满百年。有些人虽生犹死，有些人虽死犹生。这生死之间的差距让我想起了《可爱的中国》。在《可爱的中国》中，方志敏曾言道：“中国民族有伟大无比的创造力，中国一旦得到了自由与解放，这种创造力将会无限的发挥出来，中国的面貌将会改造一新。生育我们的母亲将与世界上各位母亲平等携手，这么光荣的一天，决不在遥远的将来，而在很近的将来。”

20 世纪 30 年代，在监狱之中，方志敏这种“救国于危难、救民于水火”的坚定信仰、崇高理想不仅与抓捕他的国民党士兵、官僚形成鲜明的对比，也让如今的我深感惭愧。假如自己生活在那个年代、那块地方，我会是什么样的选择呢？在万千选择中，方志敏选择了不凡，不仅如此，他还用自己的行动去践行了自己的选择。他创立的赣东北苏区（后扩大为闽浙赣苏区）在政治、军事、经济、文化、党建、民生方面均取得了巨大的成就，被评为模范苏区，实现了他自己“生存一天就要为中国呼喊一天”的铮铮誓言。在方志敏的带领下，仅 1930 年至 1932 年，赣东北苏区就向党中央输送黄金 1000 两，1933 年春支援中央苏区 2000 两黄金，100 余万银圆。而他在被捕时却身无分文，“清贫、洁白朴素的生活，正是革命者能够战胜许多困难的地方”。这恐怕才是他的伟大之处。

在方志敏望着的前方，就是方志敏公园。以革命前辈命名的这座公园不仅凸显出这座城市独特的气质，也似乎在告诉人们，在方志敏牺牲之后不久，中国的面貌确实被改造一新，他曾经的预言已经达成。

方志敏干部学院的建筑气势恢宏，显得格外雄伟庄重，突出了其作为干部学院的气质。走进房间，书架上摆放着整整齐齐按顺序编好的 50 册有关方志敏及党性教育的书籍，让人瞬间感受到了这所干部学院的与众不同。

翻开方志敏在狱中撰写的文章，他那崇高的革命形象跃然眼前。从 1935 年 1 月 29 日被捕开始，在生死抉择之间，方志敏就已经做好了选择：“敌人只能砍下我们的头颅，决不能动摇我们的信仰！因为我们信仰的主义，乃是宇宙的真理！为着共产主义牺牲，为着苏维埃流血，那是我们十分情愿啊！”方志敏时刻都在等待着不期然而遇的死神，他做好了随时赴死的准备，但他想得最多的是在死之前能为革命多做点什么，如何“生”的问题。他以笔为枪，在敌人的屠刀下解读革命历程，总结回顾赣东北苏维埃的创立史，揭示当时中国社会的黑暗、民族的苦难。他戴着脚镣手铐，一边与敌人斗争、动员难友同志，一边构思着写作，四个多月的时间撰写了13.6万多字。黑暗的监狱非但未能改变方志敏非凡坚定的意志，相反却给了他冷静思考的空间。

习近平总书记曾深情地说：“我多次读方志敏烈士在狱中写下的《清贫》。那里面表达了老一辈共产党人的爱和憎，回答了什么是真正的穷和富，什么是人生最大的快乐，什么是革命者的伟大信仰，人到底怎么活着才最有价值。每次读到都受到启示，受到教育，受到鼓舞。”

从方志敏干部学院出发，70多分钟的车程就可以抵达横峰县葛源镇。沿途青山耸翠，风景怡人。葛源地处丘陵盆地之中，周边山高林密，易守难攻。得益于其独特有利的地形，方志敏领导的中共闽浙赣省委机关、省苏维埃、省军区司令部、红军五分校等均设立于此。

当汽车穿越狭长弯曲的进山通道后，眼前豁然展开一片平坦的农田。远处的青山白云缭绕，已经不能分辨山在云中，还是云在山中，仿佛只要伸出手就可以将朵朵白云轻拢指尖。旖旎的风光虽然撩人，但那并非此行的目的，我更迫切想去寻找先辈们走过的足迹。

在葛源革命烈士纪念馆，一边聆听着讲解员的讲解，一边观看保存下来的展品，仿佛又回到了那段硝烟弥漫的烽火斗争岁月。时光荏苒，百年间斗转星移，世事变迁，物虽在而人已非。在邱金辉烈士的照片前我驻足了好久，这位曾经的工农革命军连长由于叛徒告密不幸被捕。敌人用高官厚禄、金钱美女劝他投降，他不为所动，无计可施的敌人施以酷刑，但用尽手段都没能动摇其钢铁般的意志。毫无人性的刽子手将他绑在十字架上，用匕首在他左右肩胛挖出洞，插上点燃的蜡烛，用铁钉在他头顶打出洞，插上点燃的香火，他都岿然不动。气急败坏的刽子手最后用刀剜出了他的心肝，那年他才 24 岁，正值青春。在他牺牲之后，无数的先烈前仆后继、浴血奋战，用生命最终换来了今天和平幸福的生活。

这几天里，我其实一直都在思考，先烈们用鲜血换来的今天，我们应该如何去珍惜和度过？无论如何，铭记历史、不忘初心是毋庸置疑的。

在列宁公园方志敏亲手栽种的梭柁树下，曾经的鹅卵石游泳池、高大的六角亭依旧在诉说着曾经的故事，它们成为方志敏改善民生、一心为民的最好见证。在闽浙赣省委机关和苏维埃的遗址，都可以看到、感受到方志敏当年的生活状态、生活气息。他不是一个高高在上的官僚，而是一个时刻都与人民在一起的共产党员。可以说方志敏用自己的行动践行、诠释了“江山就是人民，人民就是江山”这句话的真正内涵。这句话不仅在当时，时至今日，也依旧是生动而有力的。

“假如我不能生存——死了，我流血的地方，或者我瘗骨的地方，或许会长出一朵可爱的花来，这朵花你们就看作我的精诚寄托吧！在微风的吹拂中，如果那朵花是上下点头，那就可视为我对于为中国民族解放奋斗的爱国志士们在致以热忱的敬礼；如果那朵花是左右摇摆，那就可视为我在提劲儿唱着革命之歌，鼓励战士们前进啦！”

在弋阳的几天时间里，我仿佛看到所见的每一朵花都在上下点头、左右摇摆，我相信那一定是方志敏在鼓励我们努力去建设更加可爱的中国。

过去与未来之间：越南初印象

印象中第一次认真思考“越南”这个国家，大概还是读研究生时。彼时，因为对周边国家尤其是汉字文化圈感兴趣，特别留意到了越南的汉字文化史。当接到会议邀请，决定前往越南出席会议时，还是不自觉地皱了一下眉头。这个前不久才出现过一些反华情绪的国家，会是什么样呢？

越南的签证并不像其他国家贴在护照上，而是单独的一张纸，称为“另纸签证”。随着日期的临近，我不得不开始了解越南的签证政策。考虑到曾经办理韩国、日本等国的签证都比较麻烦，所以也打算提前办理。但是在官网查阅相关信息后，却并没有太大的收获，于是直接向旅行社求助，对方告知，临行前一周再行办理即可。

临行两周前，抱着太多的忐忑与不安，再次联系旅行社，咨询相关签证信息。回复仍然是临行前一周，但对方又说，考虑到此行在越南待的时间不长，可以考虑提前办理。于是，还打算准备一堆材料，对方却告知，只需将护照的照片页扫描发送即可。比起韩国、日本，这材料简单得让人摸不着头脑。

时间刚过去一天，旅行社就向我确认收信地址。以为仅仅是单纯的确认，无意中多问了一句，什么时候办好？对方回复说，已经办妥，地址无误的话，快递第二天早上就能到达。此时，想起之前旅行社说提前 4 天办理，看来已经预留了足够的时间。

当那张签证纸办好放在眼前时，我不免有些许失落。纸上除了个人信息及签证种类、日期等之外，就是一张从护照上翻拍的并不太清晰的照片，而红色领事印章躲在照片的一边，似乎只是为了表明它的存在而已。

飞机缓缓地降落在越南河内国际机场。走出机舱，来到边检大厅，发现穿着制服的工作人员三三两两地散落在各处，随着人流的到来，才迅速回到了各个值班窗口。可以想象，作为越南首都的河内国际机场客流量应该不是很大。在窗口，递上护照和那张怎么看都觉得很“山寨”的签证，工作人员把护照拿过去扫描一下，确认后，在那张纸上盖上入境许可章。完全没有像韩国、日本一样的摄像、录指纹等程序，也不用任何的盘问，就这么顺利地通过边检。

行李提取厅小得可怜，甚至比不上国内绝大多数地级市的机场规模。放眼望去，一共也只有6个行李提取口，不用多看一眼，马上就能找到自己的行李。拿到行李后，完全没有日、韩等国入境时所需的海关申报单，也不用经过任何检查，直接就出去了。

车开出机场后，窗外两旁不时闪过一些五彩斑斓的低矮建筑，绚丽的颜色初看感觉时尚，却因搭配失和给人一种杂乱之感。偶尔有几栋稍高点的建筑，又非常简陋，甚至只有半边墙或屋顶。一辆接一辆的摩托车飞驰而过，在前方汇成一股摩托车流，逶迤绵延于道路上。在这壮观的摩托车流中，偶有汽车点缀其中，有奔驰、宝马等品牌，更多的则是日系和韩系车。

车停在了酒店门前，但是确认后，才发现预定的酒店是另一家，一位会说汉语的志愿者自告奋勇带我前往。其实，出来后就发现酒店就在马路对面，只是看着壮观的摩托车流，完全不知道如何穿过。

那位越南籍志愿者带着我贴着车流往前面移动，但是无论向前、向后都看不到红绿灯。那位志愿者半是抱怨半是解释地说，这里就是摩托车多。几分钟之后，马路上的摩托车终于少了一点。当我还在路边看着一辆接着一辆的摩托车驶过时，那位志愿者已经穿过了一半多的马路，看着我急得直喊，可是我依旧不敢迈出半步。她不得不一边向着车流挥手，一边打算来找我。看着依旧穿梭不断的摩托车，再看着马路中央的志愿者，我终于瞅着个机会迈出了脚步。途中，虽然险象环生，但总算顺利穿过。

越南国家大学是这个国家仅有的两所国立大学之一，位于首都河内，距离酒店十几分钟车程，是一所综合性大学，同时也是各行业各领域的继续教育、研究和应用科学中心，在越南大学教育系统中占据着重要地位。据越南国家大学外国语大学副校长介绍，该校作为越南人文社科教育方面最为杰出的大学，是培养越南国家干部的摇篮，直属总理管辖。虽然地位非常高，但是教师待遇其实一般。普通的老师每月也就两三百美元（住的那家酒店应该在河内是最好的，每晚 200 美元左右），很多老师为了赚钱，都在外面私立学校兼职。但不可否认的是，该校作为越南最好的大学之一，学生入学竞争还是非常激烈的。

校园内绿树成荫，建筑新旧不一，随处可见老旧的电线杆、破旧的建筑，与现代化的体育馆很不协调，这种不协调恰恰展现出这所学校的过去与现在。正如同街头的摩托车流里点缀着奔驰宝马，十几年前的“老人机”和最新款的 iPhone 同时存在，几十年前的宣传画与时尚明星的宣传同框，都在这个社会并存、发挥作用，让人不禁有种同时在经历过去与现在之感。对我来说，这种差距也许长达几十年，但从当地人脸上的满足感来看，他们似乎觉得这之间没有任何的差别，二者都是一样的。

如果说首都河内是越南的心脏，那么巴亭广场就是河内的心脏。从越南国家大学出来，继续行驶十几分钟便到了广场。这里是越南举行集会和节日活动的重要场所。东侧高耸着胡志明主席的陵墓，前面有一条警戒线，有士兵在线内巡逻。

1945 年 8 月 15 日，日本战败投降的消息传到越南，胡志明领导的民族解放委员会成立并领导人民开始反抗曾经充当日本傀儡的越南政权，9 月 2 日，胡志明在此宣读越南《独立宣言》，宣布越南民主共和国（1976 年改名越南社会主义共和国）成立。

沿着广场边上的小道尚未完全走出，就可以看到广场边上许多破旧的小建筑。让人顿生一种错觉，仿佛一条小道分出了两个时代。街头马路上，熟悉的红色、五星、镰刀、锤子、向日葵，以及由工农学生组成的画面，让人马上就联想到了社会主义中国。如果不是街头破旧的马路，单从画面呈现与风格来看，很难想象这是在另一个国家。不过，遗憾的是，这些场景都只是三十年前中国的过往模样，对于大多数越南当地人来说，未来或许还是个谜。

在越南首都河内，无论什么人到访，都有一项几乎必不可少的行程安排，那就是参观河内文庙——越南的国子监。也唯独在这里，才能找到这个国家曾经深受中华文明影响的些许痕迹。这座建造于公元 1070 年左右的文庙是河内的标志性建筑之一，里面供奉着中国的孔子及众多儒家先贤。在这里，中华文明的渗透不仅体现在思想层面，就连整个建筑群都是依中国五行说，由五组院落（文庙门、大中门、奎文阁、大成门、启圣门）组成。

首先是文庙门，上有龙虎雕刻，分别象征着进士及第以及之后拥有的权力。进入文庙门后，沿着“皇帝之路”到达大中门，大中门的屋檐雕刻着双鲤跳龙门的图案。显然，这鲤鱼跳龙门的寓意从中华大地传到越南后，未有丝毫改变。穿过大中门后，就可以看到奎文阁，越南10万面值的纸币上印着的图案正是来源于此。如今，它不仅出现在纸币上，很多情况下，都被作为越南的代表元素出现在各类宣传上。接着来到前院，这里有一个平静如镜的水池，周围矗立着非常有名的“进士碑”。只见一只只活灵活现的石龟昂着头，驮着一块块雕工精细的进士碑，仿佛在讲述着那段曾经兴盛一时的科举历史。再往后则是大成门，这里是所谓的孔子所在的“文学殿堂”区域。大拜堂的正中央高悬着一块写有“万世师表”四个大字的汉字匾额，而且匾额上清楚地注明这几个字乃“康熙御书”。

这里的一切都是那么熟悉，无论是街头表象还是文化深处，无论是肉眼可见的事物还是那些无形的元素，似曾相识之感不仅在眼里也在心上。在这里，好像很多事物都可以在中国寻到根源，只可惜，这个曾经与中国文化如此亲近的地方，如今已然物是人非，似乎与曾经的文明正渐行渐远。

秋泛漓江

我出生在遥远的大西北，见过茫茫的戈壁，也见过连绵起伏的群山，也欣赏过五岳，登临过黄山。我在享有“天堂”美誉的杭州待过，领略过西湖的美景，也曾在海边漫步，不管是在国内还是遥远的他乡，不管是被台风吹起的汹涌波涛，还是静若处子、如一望无际的湛蓝镜面般的平静海面，我都见过。这么多年来，我以为自己已经看惯了山，看惯了水，于是，就那么若无其事、毫无准备地登上了漓江的游船。

就在我登上游轮甲板极目远眺的那一刹那，便为扑面而来的桂林山水所深深倾倒了。桂林的山，是那么婀娜多姿，完全没有西北地区山峰的起伏连绵，一座座从地面上巍然耸起，矗立在漓江两岸，宛如是一座座驼峰，秀丽清奇。漓江的水，是那么清澈动人，虽然没有长江、黄河那浩浩荡荡的奔腾气势，也没有西湖那淡妆浓抹、楚楚动人的柔美，却蜿蜒曲折，明洁如镜，瞬间就将我那颗久居市巷沾满尘俗的心涤荡干净。就在那一刹那，我的身心完全被这山、这水俘获，我癫、我狂，我无法自拔。我情不自禁地张开双臂，想把我全部的身心都投入大自然的怀抱，还贪婪地想把那宛若仙境的山水全都拥入怀抱。我就那样无比放松地将自己交给了眼前的美景。

人们常说“桂林山水甲天下”，但是桂林最美是漓江。漓江发源于桂林东北，流经桂林、阳朔等地。从桂林至阳朔 84 公里的江段，更像一条青绸绿带环绕在耸翠的层峦间，萦回环绕、秀美清澈、风光旖旎，与奇峰相配，形成一幅山环水绕、山水相依的秀美风景画。舟行其间，仿佛“人在画中游”，所以就有了“阳朔山水甲桂林”之美誉。

我们的行程从桂林市内码头上船开始，溯江而下，江上青峰倒影，两岸层峦耸翠。导游一会儿跑过来说是到了“黄瀑倒影”，一会说到了“九马画山”，但此刻的我早已沉醉在漓江的山水之中，无论称作什么都无关紧要，对我来说，眼前的一切已经足以让我忘乎所有。

船行 4 个多小时后，在午时抵达阳朔，我恋恋不舍地跟着众人的脚步下了船。天空一碧如洗，秋日的阳光虽然没了夏天那般焦灼，可依旧透着些许闷热。

上岸后便是一条小街，街道两旁全是售卖工艺品的特色小店，商业气息非常浓重，不过想在这里找出点有特色的东西还真不容易。中国的旅游景点无论南北东西，售卖的东西都千篇一律，不是挂件就是一些小饰品，并不能勾起人们的购物欲望。想找个车赶紧离开，穿过商业街，一条马路边上停着几辆电瓶车，上面写着车站及票价。买了 15 元的票，上了电瓶车，没多久就到了车站，乘上了开往银子岩的大巴。

漓江一带不仅山清水秀，溶洞之美也是天下一绝。银子岩是典型的喀斯特地貌，贯穿十二座山峰，属层楼式溶洞，洞内汇集了不同地质年代发育生长的钟乳石，洁白无瑕，宛如夜空的银河倾泻而下，银光闪闪，被誉为“世界溶洞之奇观”。

下车后，步行未几，一座青山拔地而起，挡住去路，像是进入世外桃源，山前人流涌动，随着人群刚到洞口，一股清凉就扑面而来，在闷热的天气里走了那么久，此刻我不由得加快脚步，迫不及待地想赶紧钻进洞里去。

洞内石乳奇形怪状，千姿百态。偶尔也能看到一股潜流穿行而过，迂回曲折，每次看到，我都不由得伸出手，原以为山洞中的水一定很冰凉，但事实并非如此。越往里面走，可以明显感觉出空气中的湿度在增加，也许是人流甚众，也许是洞深空气流通不畅，非但未有凉快之感，甚至让人产生一丝闷热之感。

洞内处处皆是奇观，近看每一处石乳都可自成一景，远望众石连绵，构成一个奇异的世界。很多景观大概都是依据形神之似，独立命名。仔细琢磨，有些名称恰如其分，有些却不免牵强。依我之见，与其牵强附会，倒不如索性完全不命名，任由游客自由发挥想象，也未必不好。更令人感到遗憾的是，有些地方为了连通道路，有些石乳明显留有被凿过的痕迹。尽管如此，不得不承认，这些凿透之处把溶洞相连，天然的奇石加上灯光效果，使洞内显得光怪陆离，如梦如幻，大自然的鬼斧神工在这里表现得淋漓尽致。

越往深处走，奇观越多，有的石乳如一柱擎天，有的如瀑布倾泻而下，有的则深入绝壁，仿佛能直通地球的另一端。与此同时，空气也越闷热，不得不加快脚步寻找出口，幸好每隔一段路就会有一台大风扇，能让人稍微舒缓一下。就这样步行一个半小时左右，眼前豁然开朗，一个山口终于出现在眼前。

还在上小学时，就在课本里学过《桂林山水甲天下》的文章，而那首《我想去桂林》的歌更是伴我度过多年青春岁月。但是，“桂林山水甲天下”这句诗，直到我抵达独秀峰的山脚，看到岩壁上镌刻的“桂林山水甲天下，玉碧罗青意可参……”

的诗句，才真正领悟到它的含义。

独秀峰地处桂林市中心，原靖王府内，周边山环水绕，就在这样的环境中，突然一座孤峰高高耸立，扶摇直上，直抵云霄。这座山峰虽然只有 66 米高，但其山势陡峭高峻，气势雄伟，自古就有“南天一柱”之称。

独秀峰是桂林最古老的名胜之一，自南朝宋时，文学家颜元在此读书后，声名鹊起，颇得天下读书人青睐，成为历代文人墨客向往之处。其崖壁上留存的历代石刻清晰记录了千百年来天下名士纷至沓来络绎不绝的盛况。

从山脚下拾级而上，越往上台阶越陡，有些地方变得更窄，甚至仅容得一人通行。加上，上下山峰只有一条路可通，所以人多的时候不得不靠边等待。

独秀峰虽然不算高，但登山途中还是设置了几处供休息的地方。在这里，即便尚未到达峰顶，桂林的市景已经在望，喘息之机还可以欣赏美景，所以有许多人在此驻足。

继续往上，道路分成两条，一条通往峰顶，一条则标注着下山。沿着上山之路往上没多久，一个精致的阁楼就出现在眼前，里面供奉着几尊神像。走到外面倚着四周凭栏眺望，市景赫然在望，更远处则是突起的青山，一座一座，像是矗立在地面的一个个巨人。蓝天上飘浮的朵朵白云就像一顶顶雪白的帽子，戴在巨人的头上。漓江蜿蜒其中，更像一条绸带。

蓝天、白云、青山、绿水，风景如此之娇，恐怕在此时，无论是谁都会情不自禁地吟出那句“桂林山水甲天下”来。

你是我最美的相遇

天，阴沉沉的，出门的那一刹，我还在犹豫是否应该带把伞。但，我好像一向都是那种固执的人，既然已经跨出了门，就懒得再折返。于是，急匆匆地迈开脚步向教室的方向赶去。

道路两旁，是高大的梧桐树，宽大的树叶密密麻麻，像一把把天然的小伞，把天空遮挡得严严实实。离开熟悉的校园也没两年，没想到路边的树木都已经长大了这么多，再看看自己，成长速度显然要远落后于这些梧桐树了，我一边赶路一边自嘲着。

过了湖，教学楼就不远了。雨滴像脱了线的珠子，落在如镜的湖面上，开出一朵朵漂亮的水花。雨滴穿过树叶落了下来，打在头上，我赶紧加快了脚步。

迎面，不时有人穿梭而过。有老师，有学生，一把把伞下，是不紧不慢的脚步。毕竟，这个季节的雨，淅淅沥沥，不冷也不热，原本我还是蛮喜欢的，可是，此刻我却怎么也提不起兴致来了。

我停在距离教学楼还有几百米的地方，路面完全被硬化，两旁再也没有可以为我挡雨的浓密树叶了。开阔的眼前，雨水像丝丝银线抛落下来，无法渗入地下的雨水此时已经积起了一个个小小的水库，挡住了我前进的脚步。

马路的另一侧，是一座教学楼，路边，不知道什么时候搭起了一个小小的遮阳棚。每日我都要从这里路过几次，可之前一直未曾注意到。此时，棚子下方干净的地面，那是最好的避雨之地了。我毫不犹豫地迅速闪入其中。

我焦急而又无奈地站在那里，望着眼前一片茫茫的雨景……

忽然，耳旁响起一个声音："老师，您请坐。"

我下意识地回头一看，一位女生手里搬着凳子，出现在我眼前。余光所及之处好像并无其他人。她一双大大的眼睛，一脸充满阳光的微笑。我赶紧一边点头，一边回复说"谢谢，不用了，不用客气"。

她放下凳子转头跑入了旁边的教学楼。顺着她的方向，我看到了"生命科学"几个字。离开学校几年，曾经熟悉的面孔早已毕业离校，此次回来也并未上过那边的课，那里好像并没有认识的人。我的内心不由得就涌出了莫名的感动。

想起几年前，我刚来学校，初为人师，没事的时候，喜欢坐在教室最后，要么学习，要么备课。每学期新课开始前，照例也是先到教室坐在最后，陆续有很多同学坐在我旁边，很多时候也会和我聊起来，有时还会讨论到即将上课的老师。待铃声响起我站到讲台上时，总忘不了同学们充满惊讶又可爱的脸。其实，不仅在教室、在食堂抑或在图书馆，见到我的人都是"同学，你……"

时间一晃就是几年，我在变，学生在变，一切都在变。

雨，依旧淅淅沥沥，可是我的内心掀起了波涛巨浪。又想起几天前在教学楼上看到的一幕。

在楼梯的转角处，我前面一位女生突然小跑了几步，只见她弯腰，蹲在了楼梯口前面的地上。

地上有一堆餐后垃圾，不知是谁有意还是无意地落在了那里。她小心翼翼地把垃圾捡起来，装入袋子，用纸巾把弄脏的地面擦了几遍，提起来扔到了不远处的垃圾桶。

这在几年前，是完全不可以想象的。彼时的学校，教室里、课桌内，哪怕教学楼前的草地上，只要有人待过，总会留下一大堆的垃圾。那时课后，专门有人负责捡拾留在教室里的垃圾。

那个时候的自己也在课堂上讲过很多次，我们这里是大学，要有大学生的样子，可始终不见有效果。

时间才过去没几年，而今，如果不是亲眼所见，我又怎么会相信呢?

仔细想想，改变的又岂止是我、岂止是学生、岂止是校园，这几年，我们中国的改变已经让全世界刮目相看了。

“老师，您要去教室吗?”一个声音打断了我的思绪，班上的同学撑着一把伞出现在我面前。

我点点头，钻进了他的伞下。

雨，依然淅淅沥沥，落在伞上，汇聚成一丝，又落在地上，溅起了一朵朵漂亮的水花，恰如我此刻绽放的心情一样。

雨的遐想

你问，人世间什么最懂我呢？我知道你想让我告诉你：是你一颗火热的心。但是答案也许真要让你失望了，最懂我的还是那一片冷雨。

它知道我要进入冬假，我的心、我的身，终于可以在苍茫的天地间寻得片瓦藏身，终于可以在喧嚣的尘世中偷得片刻安宁之时，淅淅沥沥、淋淋漓漓，浇灭了心头所有的激情，凉透了所有的温度。

每天，只能躲在窗户边，看那冷雨敲窗一边感受着温度在一点一滴中流失，一边眼睁睁看着时间逝去，直到冰凉了世间的一切。

多年前，为了看雨，我毅然决然地从遥远的北方南下，我希冀那酣畅的雨能浇灌自己干涸多年的心田，我期盼着江南的烟雨能浸润我干枯的思想。于是，我抛下了所有的过去，抛下了所有的现在，只为那不切实际的将来，我奋不顾身。

多少年后，我才知道自己多鲁莽。这么多年里，我虽然也曾得到酣雨的灌溉，也经历过烟雨的滋润，但我，依旧是曾经的我。

曾经有一段时间，我特别迷恋下雨。只是因为读了戴望舒的《雨巷》，遥想着能在悠长又寂寥的雨巷逢着一个丁香一样颜色、一样芬芳、一样忧愁的结着秋怨的姑娘。在既无雨又无巷的家乡，这一切只能想象。于是，日日盼、夜夜盼，希望有雨从天上掉下来，顺便掉个梦一般的女孩。

直到南下之后，从窸窸窣窣的春雨、夏天的滂沱大雨，到连绵的秋雨，再到冬天的冷雨。一场接着一场，但姑娘一直未曾遇见。于是，在日日的蹉跎时光中，曾经的梦也渐渐模糊。

滴答、滴答，雨又在敲窗了。我看到了一颗又一颗透明的水珠顺着玻璃落下，像是晶莹的泪珠。为那些逝去的过去，为那已经模糊了的曾经的梦。透过朦胧的玻璃，我似乎看到两个背影，那是父亲和母亲。虽然他们只是相亲认识，并未曾经历过轰轰烈烈的爱情，但是他们携手经营着农村最平淡的生活，无论是日常的柴米油盐还是四时的春耕秋收，他们勤勤恳恳、朝夕相伴，为孩子们创造了一个足够温馨的家。也许真的是太过于安逸和舒适了，我竟然在这么多年的生活中毫无察觉。

想到此，我竟无语凝噎。

想来，自己也许就应该在乡下耕作那一亩三分地，过着粗茶淡饭的日子，结果一不小心比别人多认识了几个字，便有点飘飘然，想法也就多了起来。从乡下到城市，从北方到南方，从中国到国外，我似乎一直都未曾停下自己的脚步，那经过的万水千山，我竟并未驻足太多。

有天，一位朋友跟我说，人活着不就是为了三顿饭嘛，何苦要把自己逼得这么累呢，更何况你知道这三顿饭是给谁吃的吗？我摇摇头。朋友说，这每日三餐里也就只有一顿饭是给自己吃的。听到这里我的疑惑陡增。朋友解释说：三餐中只有早餐是吃给自己的，中餐吃了是要去劳动的，所以是为别人吃的，而晚餐则是吃给“鬼”的，谁知道一觉睡下去明日是否还能醒来。按照朋友的逻辑，唯独吃给自己的那餐，我竟然在浑然不觉中给省掉了。看来我天生就不是为自己活着的。那我是为了谁，为什么活呢？

仔细想想，人的一生之中，除了每日的三餐之外，似乎还存在另外的三餐。出生之时，全家人热热闹闹吃的那餐，自己注定是无缘的。无论洞房花烛夜还是金榜题名时的那餐，自己想必只顾乐呵，吃喝估计也都是亲朋好友的事。待自己死后，倘若风光大葬，那时想吃也吃不到了。如此想来，无论是每日的吃喝还是特定时间的吃喝似乎都与己有关，但又好像无关。至少吃喝之事都成了别人之事。

近年来，随着年龄的增加，根深蒂固的家乡之味如发酵的酒一样，越陈越香，而且也总是在不经意的时刻冒出来，让人久久回味，虽然那只不过是粗茶淡饭而已。也许自己也就配那样简单粗糙的生活吧！

对于一个出生在北方成长在北方的人来说，雨，带给我的可能更多的是诗意与浪漫，春雨缠绵夏雨刚，秋雨凄美冬雨冷，无论如何很难将雨与死亡联系在一起。可是只要在江南或沿海有过暴风雨经历的人，想必脑海中会时刻记着那疾风骤雨以及江海腾起巨浪时的不寒而栗。于是，在很多时候就会不自然地想到死亡。

“死亡”本身其实并没有什么。周作人在写“人生百年，莫不有死，泰山鸿毛，毫厘千里”时，还是1904年，19岁。这么一比，我都已经到了不惑之年，仔细思考自己的死亡问题似乎也未尝不可。

曾经有一段时间，一直在心底琢磨，死亡时会不会痛呢？这当然包含了任何死法。比如跳楼，很长时间里我都笃定地认为跳楼死亡，将死之时一定是很痛的。可是当我经历过那次台风暴雨的夜晚之后，我彻底改变了想法，在他（她）决定跳楼（将跳未跳）之时，其实早已经死亡了，早已经无感了，怎么可能还会感觉到痛呢?

思考死亡，是为了更好地活着。我从未考虑过来生之事，我不相信灵魂之说。也未曾考虑自己的后半生，人是活在当下的，此刻比任何时刻都重要，因为我不能保证下一刻的我是否还活着。于是，这种生命的紧迫感时时刻刻伴随着自己，提醒我过好当下。当然，如果下一刻真的要离开了，我相信我是不会有丝毫留恋的，毕竟我曾那么努力、那么认真地生活过。燕子不归春事晚，一汀烟雨浪江南。浪迹过后，回归也许才是最好的选择。

淅淅沥沥，淋淋漓漓，那是江南的雨。此刻的我躲在窗户边，想起了北方温暖的阳光。生活，本就是平淡的，是我寄予太多期望而已。

窗外

（一）

无论何时何处，只要条件允许，我总喜欢坐在靠窗的座位。习惯使然，我总想通过那扇窗瞭望窗外的世界。

十多年前，第一次一个人背上行囊，踏上了去兰州求学的旅程。汽车上，车窗边，总有一个位置是属于我的。从家到兰州得18个小时，从前一天的下午一直到第二天凌晨。对我来说，那是一段充满期待而又永远难忘的旅程，那是我人生的第一个起点。

车还没出陕西境，天就暗了下来，车里黑乎乎、静悄悄的，偶尔有乘客的说话声传来，更多的时候则是一片安静。兴奋，加之对未来的担忧，我睡意全无，看着窗外黑漆漆的夜，多么希望自己能有一双慧眼穿透黑暗看到自己的前景。未知的人生，陌生的城市，即将开始的大学生活，内心里半是担心半是期待。窗外呼呼的风声，从耳朵一直深入内心，吹乱了我的整个世界。

漆黑的窗外偶尔也会飞驰过点滴亮光，那点亮光像是自己过去人生中的每个闪光时刻，而那些，代表的仅仅是自己的过去，没有人能告诉自己未来将是如何。纵然此前，我已经给自己做了不知道多少计划，为自己的未来设置了不知道多少可能，可那些在没有实现之前都是未知的。

车过宁夏，快到甘肃境内时，已经快到凌晨，窗外依旧是呼呼的风声，我内心的忐忑没有任何改变。耳边，忽然多了噼啪声，车窗上好像是雨点。下雨了，刚开始是一滴一滴的，渐渐地越来越多，最后连成一条线流下来，直至模糊了整个车窗，那一刻，我仿佛掉进了一个模糊不清的境地，急切地想穿越这片下雨的区域。我是多么希望能看清自己的未来啊！

以后的岁月中，我从不曾忘记那一夜的忐忑与思索。直到现在，每当我坐到窗前，都会想起那个夜晚。

（二）

总喜欢在食堂吃饭时坐到窗边。透过窗户能看到平时不经意间错过的风景。

那天，食堂三楼，窗边，我一个人依旧坐在那里，一边享用着美食，一边看着窗外。事实上，与其说是在看不如说是等待吧！等待那个熟悉的身影，一个陌生的人。我注意到他，是好久以前的事情了，每次我骑车去吃饭，将自行车停在下面的时候，总是会观察一下停车的位置，目的只有一个，就是给那个人省点事。我不知道他姓什么叫什么，在学校里负责什么，但是我总会在中午吃饭的时候，看到他的身影。如果有自行车停放得不整齐，或者不在固定位置，他总会一辆一辆地按照地面上砖块的直线，摆放得整整齐齐。

午饭时，停的自行车很多，可是他从来都不着急，也不会大喊大叫着让大家把自行车停放整齐。他总是在“大部队”来之前，把前面的自行车摆放好，后面来的人就可以按照次序摆放。有时，即使摆放的位置稍微超出一点，他也会过去重新调整好，有时候他甚至会将所有的车都依次摆放一遍，仅仅是因为自行车错放了一块砖的距离。他会从最前面的开始，一辆接一辆，贴着线，摆放得整整齐齐。每次看到此我都很感慨，感慨他的耐心，感慨他的认真。把车摆放好之后，他会返回到旁边的那棵树下，坐在围坛上，一边欣赏着摆好的车，一边看着来来往往的同学、老师、工作人员。每到此时，我都在想，此刻，他的内心一定充满了自豪感和成就感吧。

仔细想来，他的工作非常平凡，人人皆可为，可是生活中能有多少人能以他这样的心情去做呢？一天两天？抑或一月一年？每次想到这里，我总觉得这其实就是一种生活态度：简单却不苟且。这种不敷不衍、认真做事的态度，正是日常生活中所需要的，但又是很难持之以恒、孜孜以持的，它其实代表了一个人一丝不苟、精益求精、追求完美的精神境界。

这个世界，这所学校，这个地方，正是有了他，才让我在用餐的同时，感受到了美的存在，也收获了一种感动。人生处处皆风景，值得用心去观察去体会。

台风的那个夜晚

当我决定走出研究室时，还是考虑了许久的。毕竟此时已是凌晨两点多，窗外呼啸的风声也已肆虐了几个小时。单从声音上看，似乎也比先前减弱了许多。

我抓起立在门口的伞，关灯，下楼。

台风要来，这是近几天以来各大媒体里反复被提及的都要成为“旧闻”的新闻，当然也成为身边人茶余饭后的谈料。下午经过一个公交车站，平日里竖着的站台指示牌也被放倒，横躺在路边。

研究楼是一座类似长方体的回字形建筑。

只有几步脚，我就到了后门外面。呼呼的风声夹杂着巨大的雨点瞬间袭面而来，呼吸瞬间变得艰难起来，不由得倒退一步，立在门口的台阶上，定睛才发现，路灯下，雨水如帷幕般落下，刚才门里看到的灯光之所以昏暗，或许正是因为这滂沱大雨。

我站在门口，短暂思考后，决定骑自行车出发，但是巨大的风，根本不容得将伞撑开，我只能将伞撑一点点，用手顶住，遮在自己的头顶。

宽敞的马路上不见一个人影，也没有一辆车的踪迹。平日里呼啸而过的出租车此时也全都销声匿迹，只听见风吹过头顶的树梢或电线时发出的“呜呜”声，大雨像是有人坐在天空中，端着巨型的盆往下倒似的。此时，未能撑开的雨伞不但不能有丝毫的用处，反倒成了累赘。我赶紧把伞插入自行车前的篮子里，双手紧握车把。

马路空旷，风无阻拦，我晃晃悠悠地骑在自行车上，感觉自己在下一刻就会被风连车带人掀翻在马路上。我不得不向马路边的人行道边上靠近，想着那里有墙体，可能会好点，但是巨大的风还是呼呼地吹过来，骑在自行车上摇摇欲坠，前面有个小巷，尽管那不是我必经之路，我还是毫不犹豫地拐入。小巷两边的房屋形成了天然的屏障，风力稍减，我赶紧用力蹬车。小巷里依旧没有一个人影，两旁的房屋黑漆漆地矗立在风中，发出“呜呜”的声响，似乎是被风雨抽打发出的痛苦呜咽。

我沿巷贴墙而行，一边躲避着肆虐的狂风，一边寻找着出路。刚刚还在为自己冒失的决定感到懊悔，而此时，觉得自己仍然能够坚持便不再想了。穿了好几条小巷，越到狭窄处，风势越小，以至于我又能将雨伞撑出一点点盖在自己的头顶。我甚至错误地以为刚才肆虐的狂风有所收敛，我用力踩了几脚自行车，想加快速度找到出路。

转过一个拐角，那条熟悉的小河横亘在我的面前。我一个急刹车停在路边的屋檐下。狂风卷着巨大的雨滴扑面而来，我不得不收起雨伞再度插入篮子，用力紧紧地抓住自行车。虽已下车推行，仍觉得人车将被卷走。抬起头，屋檐虽然伸出不少，却不能遮挡一丝的风雨。我再度陷入沮丧，这么深更半夜，这么风狂雨骤，我这是在干吗呢？为什么今天要坚持出来呢？难道只为体验台风？

河对岸，是一排巨大的樱树，茂密的树枝被狂风掀起，形成一波又一波的巨浪，密集的雨滴打在上面，发出“哗哗……”的声响。马路上还是没有一个人影，不见一辆车的踪迹。一排排路灯被风雨无情地抽打着，电线杆上的电线“嗷呜嗷呜”地在哀鸣，这一切，都在清清楚楚地告诉自己，这是台风的声音，今夜有台风。我想起公交站台上被放倒的站台标识牌，如果没有被放倒，此时也早不知被吹到何处去了吧。

站了好久，风雨没有丝毫减弱的趋势，我浑身上下此时已完全湿透，再这样站下去也不是办法，我决定奋力通过架在河上的桥，只要过了桥，对岸的小巷我比较熟悉，应该能找到暂时的避风港。

我一边想着，一边整理了一下湿透的衣服，抬腿迈了出去。风似乎比刚才更猛了，吹在脸上有刺痛之感，自行车此时成了我唯一的支撑，正是因为它，我才庆幸自己仍然能够脚着地行走，不至于被吹走。雨水打在眼镜上，视线一片模糊，我不得不把眼镜收进口袋，眯着双眼辨认前行的方向。

斜着穿过马路就是桥头，桥头两边各有一棵高大的樱树，就在我快要靠近时，一阵狂风卷着暴雨袭来，我趔趄了几步，幸亏有自行车的支撑，才没有摔倒。而伴随着“呜呜”的风声，树上发出“咔嚓”的断裂声，我抬头一看，一根胳膊粗的树枝正从头顶落下，我慌忙紧走几步，“咚”“咔嚓”，掉落的树枝重重地摔在地上，瞬间被折成几段，细小的枝丫则被狂风卷走。

此刻，我已经没有了恐惧，反而想起了自己的过往。对于一个出身于西北干旱之地的人来说，如果不是亲身经历，我无论如何无法想象雨能下到这么大。从小经历过那么多的沙尘暴，我以为那风已经足够大了，没想到台风的威力如此惊人。这几天，电视上反复播放的“台风”预警，如果没有今夜的切身体验，我怎能想到它竟关乎生死。

没错，当我走上桥那一刻，我确实已在思考我的生死问题了。桥上的石砌栏杆已经不能为我阻挡一丝的狂风，我只能勉强将自行车斜着支撑住身体，一只手紧紧抓住栏杆边缘，一步一步地艰难地向前挪。桥头的树枝飘舞在空中，我的眼睛只能眯成一条缝，时刻警惕着那些树枝是否会砸向自己。桥下，洪水的咆哮声震耳欲聋，从我的脚下奔腾而过。巨大的浪头，好像记忆中在海边都不曾见过，如果此刻被吹下桥，我想我首先一定不是被淹死，而是被巨大的浪头摔得粉身碎骨吧。我想如果此时真的被吹走，那也真无话可说，毕竟这是自己的决定。如果命中注定不能活过今夜，我又能如何呢？

风越来越大，雨越来越急，连眯着眼睛都变得非常困难。我一边忍受着风雨无情的吹打，一边还在想，如果今夜被吹走，我该有多少遗憾啊。我想起自己曾经立下的豪言，想起自己做过的美梦，想起自己努力走过的那些日日月月，但是转念一想，上帝如果真要我今夜离开，要不我就认了吧，因为我想起曾经遭受的那么多的苦难，那么多的委屈，那么多的悲伤，随风飘走，就不会再有那么多的不愉快，就不用再去想生活的艰辛与不如意。这将是多么好的解脱啊。想到这里，我甚至不再感觉到身体有任何的不适，我似乎真就要解脱了似的。

当我再度睁开眼睛时，已经走过了那座桥。风，终于还是没有将我吹走，小河里的浪头也没有将我卷走。我又成功地躲进了小巷，捏一下自己，痛感瞬间袭来，我还是活着的。

那是我亲身经历过的台风之夜，事过多年，依旧记忆犹新。

每个人的生活中，风雨总是在所难免，于我，正因为时常惦记，才越发觉得生活的不易。（作于 2018 年 8 月 5 日）

第四部分

岁月不及挂面长

（故乡与亲情）

回乡泪记

夜，黑漆漆的。两盏孤灯，一前一后将全部的光都投射在小院里。小院并不大，刚刚好能把7孔窑洞全部囊括在内。一盏灯下，摆了一张桌子，那是晚饭后留下来的，桌子上还有没吃完未收拾的剩饭，被母亲用盖子盖上了。

北方的夏夜总是那么凉快，穿的短袖短裤，似乎还有点冷。不知道是因为白天的咖啡，还是这丝丝的凉意，我没有一丝睡意。

三天前，我从江西开车出发，一路向北，驰骋1500多公里，终于回到了阔别多年的故乡。从作出回乡决定开始，我的内心就没有平静过，莫名的激动伴随着些许紧张始终萦绕在心头。

激动是因为我终于要回到那片日思夜想、魂牵梦绕的黄土地上了，紧张是因为第一次开这么远的长途车，有点担心路途。总之，无论如何，我踏上了归途。

凌晨4点，天还未亮，我已经准备妥当，再次检查了车况，确认了所有路途上可能需要的应急物品，开车出了市区，直奔高速路口。时间尚早，路上没有多少车。虽然正值盛夏，但是凌晨的气温显然凉爽好多。好多天前和小哥商量开车回故乡时，小哥再三建议一定要早点出发，既可避免车流，也可避免中午的酷热。“老司机”的建议想来是很有道理的。

车上高速后，我打开了音乐，《一路向北》伴着我踏上归途，虽然前面有漫长的1500多公里的未知路程，但终归是家的方向。走了一个多小时后，公路两侧的青山才终于显露出轮廓。

中午11点多，天渐渐热起来。火辣辣的大太阳照射在高速路面上，隔着玻璃都可以感受到路面经过烧烤后腾起的热浪。高速的指示牌告诉我已经抵达武汉。第一个500公里就要顺利结束。虽然我感觉自己尚可继续，但考虑到前路遥远，我还是按照预定计划，驶出高速。

十几年前，第一次到武汉，坐公交经过黄鹤楼、长江大桥时，看着宽阔的长江，心里默念着“晴川历历汉阳树，芳草萋萋鹦鹉洲”。我为人生第一次南下激动了好久好久。而此次经过长江大桥，我满脑子都是“日暮乡关何处是？烟波江上使人愁”。虽然选择的酒店就在江边，可我顾不上欣赏江边美景，一整个下午，都在反复确认第二天的前进路线。

好不容易捱到第二天早上，吃过早饭，检查好车况后，迫不及待地出了酒店。但是由于手机导航与车载导航路线完全不一样，在汉口街头转了一个多小时才出了城。加上早高峰时段，车速又不能太快，9点多才上了高速。密密麻麻的车流挤在两个车道上，丝毫不敢大意。河南界的指示牌出现在前方，车穿过一个城堡样的建筑，单向五个车道的宽敞路面瞬间向前延展开来。此时，我才终于松了一口气，打开自动巡航，定速120 km，选择了车道自动保持。听着车窗外“呼呼”的风声，家乡距离我越来越近了。

由于早上耽搁较多，所以比预定时间晚了好多，直到下午才完成第二个500公里的行程，晚饭前终于抵达郑州。见到了久别的同学，同学盛情款待，还一起观看了市景。郑州，虽然曾经多次路过，但真正在此停留还是第一次。

继续往北，家，就在眼前了。

天亮后，在酒店胡乱扒拉了点早餐，我迫不及待地出发了。到此时，再没有其他任何能挡住我回家的脚步了。我甚至都忘了和家人打招呼说我已经出发，到中午才知道，家人都在等我的消息，又担心影响我开车，谁都没敢来电话问一声。母亲焦急得不知如何是好，最后还是打电话问了小哥我这天的安排。接到小哥的消息时，我已经到了山西境。

车出郑州，沿着二广高速一路向北，不见了平原，更没有五车道的宽阔路面，两边的高山峻峭挺拔，直插云霄，陡坡伴随着隧道，所有的车都放慢了速度，透过车窗，那似曾相识的高山、黄土坡出现在道路两侧，多么的熟悉，那是记忆中家乡的颜色，我终于要回来了。

十几年前，我背负着父母和全家人的期望，为了追寻自己的梦想，毅然决然地踏上了南下的旅程。十几年间，我一路跌跌撞撞，一路前行，走过千山，走过万水，从西北的黄土高原来到南方的红土地，又到他乡异国求学，时间越长，记忆却越来越清晰，家乡的一草一木，黄土地上的点点滴滴仿佛就发生在昨日，时不时地涌上心头。十几年间，我走遍山南海北，回不去的却始终是故乡。

平生第一次经山西回家乡，我知道人到山西，家乡就不远了。从小到大，记忆中，家乡的父老乡亲都是农闲时节靠在山西打点杂工维持着基本的生计。我从未到过山西，但我知道隔着黄河对岸就是山西。

进入山西境，高速基本都是每小时 80 多公里的速度，虽然从小在曲折、陡峭的黄土地长大，但是在黄土地开车我还是第一次。纵然心里有多么焦急，车速也提不起来。两旁一辆接一辆的大货车驶过，我清楚地知道这些车说不准哪辆就是从家乡那边开过来的。

下午两点多，抵达吕梁，对面山上的窑洞清晰地映入眼帘，所有的一切都是那么熟悉，甚至服务区工作人员的口音，都是那么的亲切。我终于回来了。

车过柳林，一条黄色的大河横亘在眼前，这不就是日思夜想的母亲河吗？我的眼泪再也忍不住，夺眶而出……

我终于回来了。

沿着县里的小道，我一路狂飙，继续走了一个小时，熟悉的村庄终于出现在眼前，虽然离开多年，我还是一眼就认了出来。那所有经历的过往，刹那间全部涌上心头。眼泪，不觉又掉了下来。

年迈的父母早已等候在小院，一切都如曾经。

夜，沉沉的。

多年前，为驱散黑夜带来的恐惧，我和小哥一遍又一遍吹着那支破损的笛子，一声声仿佛还在耳旁回响。

背堀上的镢头声

“咚……咚……”，好像从地壳深处传来的声音，一下、又一下，一声、又一声，规律地从遥远的山那头传来。这声音，在寂静的清晨，在空旷的黄土高原上回荡，惊醒尚在梦中的鸟儿，也让刚刚迎来假期的我再无一丝睡意。

穿衣，起身，看到家里只剩下我们哥仨。那声音，不用说是父亲在背堀上刨黄芪发出的。站在院子里可以清楚地看到父亲挥舞的镢头，落下去后不久就传出一声沉闷的声响。

在黄土高原的腹地，一条条深浅不一的沟壑如同一道道伤疤，不均匀无规则地散落在高原一望无际的黄土层上，将高原切割得支离破碎，形成一道道坡、一片片堀。向阳的坡被称为“阳坡”，背阳的堀则被称为“背堀”。

我家窑洞位于山这头的阳坡上，对面山上的那片堀，就自然地被称为“背堀”。我上初中的时候，陕北旱情严重，对于靠天吃饭的人们来说，维持基本的温饱都成了问题，更不用说家里还有几个正在读书的孩子了。

印象中，我的凌晨的梦都是被父亲的歌声吵醒的，“山清水秀太阳高，好呀么好风飘……”抑或“青线线那个蓝线线……”那几年，再难听到父亲的歌声，他的脸上被岁月雕刻后留下了一道又一道深深的“疤”，生活的艰难明显地写在父亲那张沧桑的脸上。

由于旱情严重，普通人家的生活都变得艰难起来，原来农闲时还可以做点木工活的父亲，那几年也都渐渐地停顿下来，活儿难找，钱难挣，而孩子们上学的开销却越来越大，日子越来越紧张。

同班同学，要么辍学去打工，要么选择读个免费的师范之类，能省一点是一点，人们实在也不知道该如何是好。隔壁村的姨父是个大夫，在那时应该算十里八乡的文化人，他来过我家几次，动员父亲让我读个师范，省钱，据说将来政府还包分配工作。

父亲想必内心里应该动摇过无数次，最终随着大哥考上大学，我的命运也被寄托在了大学上。父亲是“文革”前的高中生，已经拿到了推荐读工农兵大学的指标，却因“文革”的爆发不得不中断学业，回到爷爷身边，成为知识农民。

据叔叔讲，父亲当年回乡后，曾挨家挨户地做动员，鼓励他们读书，但是当地的孩子最多也就读完初中。高中甚至大学，成了父亲埋在心底深处的“梦”。因而，在那些特别艰难的日子里，父亲也没有中断过我们的学业。

有一年，父亲不知从哪里听说种黄芪可以卖点钱，就马上弄来了种子，播在了新开荒的地里。黄芪的生长期较长，肥点的地里并不舍得种，只是种在了屋前屋后空闲的并不肥沃的土里。后来发现长势不好，自然也谈不上卖个好价钱。

于是父亲心一横，就在背坬上一块比较好的地里种了满满一地的黄芪。那之后，每年一到季节，父亲便率领全家人除草、摘籽。黄芪的籽生长在像蚕蛹一样的泡泡中，如小米粒一样，一捏就发出“噼啪”的爆裂声，对年幼的我来说，那声音就像是鞭炮。

我上初三那年，父亲在那块地里看了又看，长了两年多的黄芪似乎可以刨出土了，我们上高中的学费还没着落，需要找到点“钱”路。父亲扛起镢头到了那块地里。

黄芪最值钱的是根。由于背坬的土地肥沃，根长得很粗，扎得也很深。用手拔出是完全不可能的，只能用镢头刨挖。为了防止镢头刨挖时伤及根部，父亲总在距离根部比较远的地方向下挖掘，一镢头一镢头，直到整个黄芪根都露出来。我第一次跟着父亲去刨黄芪正是初三毕业的那个假期。

被父亲“咚……咚……”的镢头声惊醒后，我赶紧扛着镢头上到山上，马上就被眼前场景震惊了。一片陡坬上，齐齐整整地被父亲挖出了一米多高断崖似的一堵“墙”，“墙”上是裸露出的黄芪又粗又长的根，下面堆起大堆的生黄土块。

种黄芪之前，这块地虽然也长过其他庄稼，但是耕熟的土地并不很厚，深处是从未开掘过的新鲜的生土，那很纯的黄土色明显闪着坚硬的光泽，那是从未开挖过的深度。

就着父亲挖过的痕迹，我从更深处下手，这样才能保证一米多高的“黄土墙”倒下之前，黄芪根能够自然脱落，而不至于被伤及。我扬起镢头，“咚……”，生铁打的几斤重的镢头，砸在新鲜而生硬的黄土层上，明显能够感觉到一股力量反弹回来，声响处，厚重的黄土层只是被轻轻地豁开了一个小口子，接着再次扬起镢头，“咚……”，小口子深了一点，而反弹的力量也更大，这样一点点继续向深处挖去，一米多高的断崖根部被挖掘出一条很深的沟，随着重力的作用，直到某一刻不能再支撑，那堵“墙”轰然坍塌，一根或者是几根沾着新鲜黄土的黄芪根就暴露在眼前。此时才可以稍微松一口气，把黄芪根的黄土拍打掉，捡起来放在一边，然后就着新鲜的坍塌根部继续向深处挖掘。

有天下午，地里来了一个人，他说是被这边地里发出的“咚……咚……”声响吸引，特意过来瞧瞧的。看到我们如此“浩大”的“工程”，他不无感慨地说：以后这块地里肯定难长什么了，估计连草都不会长，挖得太深，土太生了。

整个假期，父亲带我们哥仨风雨无阻地“泡”在那块地里，眼看着一堵堵“墙”坍塌，身后垒起越来越多的巨大的黄土块。假期快结束时，黄芪也被刨得差不多了。几十天的时间里，我们手上的血泡磨起来又碎，碎了又磨起，直到结成一块块厚重的茧，以至于小刀都划不掉，必须得拿剪刀才能剪掉。几斤重的生铁镢头刃，被黄土地生生地撕拉出一条口子，闪着明晃晃的光芒。艰难的生活就是这样被我们一镢头一镢头地挖出了希望，看到了阳光。

一捆捆黄芪根被背回家，削好，晾晒，重新扎成捆，堆在窑洞的墙角。它凝聚着全家人的辛劳，寄托着全家人的希望。

开学前，父亲叫人收走了黄芪，换来了我们哥仨新学期的学费。

一晃就是多年，父亲已慢慢变老，我也终于走出黄土地，开始新的生活，一些记忆逐渐模糊，但黄土地里“咚……咚……”的声响似乎越来越清晰。那一声又一声铿锵的镢头声，坚定、有力，给了我无限的勇气、毅力，它像是奋进的鼓点，不断催我向上，成为我人生旅途中最动听的音符，时刻都在激励着我去努力、去拼搏。

又闻槐花香

早晨，刚刚踏进校园，一股清香扑鼻而来，熟悉而又令人沉醉。寻香而去，只见校园一角的槐树挂满了白色小花，像一串串白色的小精灵，那清香正是槐花香。

如果不是这清香，我都未曾注意到这校园的一角居然有这么多的槐树。北方的五月正是槐花的季节，仔细看来，无论是哪一棵，都好像不甘示弱般竞相绽放，似乎要把它们的芬芳洒遍校园，洒遍世界。漫步其中，那醉人的香味，淡淡地，似乎能渗入身体的每一寸肌肤深处。我张开嘴巴拼命地贪婪地呼吸着这芬芳，好像生怕下一秒就会消失一样。那清香通过口鼻直抵生命的最深处，泛起了点点记忆的涟漪。

槐树是北方最常见的树种之一，但是槐树与槐树并不相同。故乡的槐树以刺槐（又称洋槐）居多，槐花飘香的季节，正是青黄不接之时，菜园里的新鲜蔬菜尚未到食用之时，满树飘着香味的槐花成了最美味的食材。每到此时，母亲总会让我和小哥拿着洗干净的小筛，去门前屋后采摘槐花。

洁白的花儿一簇簇就像葡萄串一样，从树枝根部轻轻一掰，就到手了。有时候不小心拉扯一下，能把槐树枝丫的皮给带下来。撸一把白色的小花儿，塞进嘴里，来回咀嚼几次，有点干，却含着淡淡的甜。在没有糖果的年代，那点甜就成了最幸福的味道。

低矮之处的槐花总是那么轻易就能采摘到手，当我和小哥兴高采烈地把采到的花儿递给母亲时，母亲总说：这哪里够全家人的一餐吃呢！于是，我和小哥再次返回到槐树下。

刺槐之所以叫刺槐，是因为浑身长满了刺，槐花绽放的时节，那生长在枝丫上的一颗颗直竖的绿刺，似乎就是槐花的守护神，稍不留神就能在手上划一条口子。爬树采摘时，我们不得不想点对付的办法。很快我们就发现了既不伤树，又能除掉槐刺的好方法，那就是母亲缝制的布鞋。坚硬的布鞋底顺着树干多蹭几次，就能把刺给刮下来。

一串串槐花被撸成一朵朵地堆在筛子里，在清水里稍微洗一下就可以做成各式佳肴。故乡最常见的吃法是槐花炒蛋或槐花洋芋擦擦。

鸡蛋虽然平常，但并不是家家户户能吃得起。所以槐花炒蛋就成了最上等的佳肴，只有在招待客人或家里有人生病时才会偶尔吃一餐，吃得最多的还要数洋芋擦擦了。

土豆在北方是最日常食用之物，家家户户基本都储备有足够吃一年的量。土豆去皮后用擦子磨成短平的小条，撒上面粉、各式调料，和槐花一起搅拌后放入笼屉中蒸熟，美味就告成。揭开锅盖，寻常的洋芋擦擦也变得清香逼人。槐花此时已经不再是单纯的花儿，而成了五月北方寻常人家饭桌上最好的调味品。

与槐花一样进入寻常百姓餐桌的还有榆钱。刘绍棠在《榆钱饭》中讲道，“小时候，年年青黄不接春三月，榆钱儿就是穷苦人的救命粮”。

在我的记忆中，榆钱虽然不算救命粮，但是在北方，刚刚熬过寒冬，在吃了一个冬天的干货、腌菜，蔬菜又尚未到季节的时节，榆钱就算是很难得的食材了。

每到春天，榆树开始冒芽，树枝上长出圆圆的薄如钱币的成串翅果，一串串紧贴在枝头上，就像一束束手工制作的冰凌花。榆钱虽然没有槐花那扑鼻的清香，但是撸一把塞进嘴里，似乎比槐花更有味道。只要在村前屋后发现榆树，那榆钱总是会在很短的时间里被撸光。

相比槐花，榆钱的吃法更多，包子、饺子、榆钱饭、榆钱粥，或蒸或煮，都是美味。母亲最爱做的就是榆钱粥，在快要煮熟的小米粥里，撒上榆钱，喝到嘴里甜滋滋、滑溜溜的，别有一番味道。

记忆中最有味道的恐怕要数苜蓿了。印象最深刻的是家里喂养了一头小毛驴，窑洞的脑畔上不知道什么时候被父亲种上了苜蓿。我每天放学回家的任务就是去砍一大捆苜蓿回来，放在驴圈旁边的窑洞口。苜蓿就像韭菜一样，砍了一茬很快又会长出一茬，循环生长，直到秋天慢慢变黄，被齐茬砍掉后埋在大雪里。

第二年春天，一棵棵嫩绿嫩绿的小芽又从根部慢慢长出来。等到从远处能看到绿色的时候，母亲就会让我和小哥去割一些回来。嫩绿的小芽在开水中稍微焯一下，或炒或凉拌，别提有多美味。现在想起来，依旧能从记忆中迅速调出那难忘的味道来。

春天，是万物复苏、生命再生的季节，黄土高原的春天与属于家乡的槐花、榆钱、苜蓿循环往复着一轮又一轮的生命，生长和离别都在同一个季节上演，我在春天的注目下成长，也在春天的滋养下流动着属于黄土高原的骨血。在一个和春天般拥有生命力的季节里，我告别了家乡，曾经的“春之味”已经离餐桌越来越远，也变成了一抹环绕于身却又无法碰触的香气，停留在记忆最深处。离开故乡十几年，又闻槐花香，我不由得想起了那深刻在记忆中的味道，熟悉而又令人沉醉。

最是乡愁别样

清晨，送小朋友上学的路上，路过早市，两只眼睛竟然直勾勾地被一个小摊上码放的东西所吸引。把小朋友送到学校后，我风一般地跑回早市，毫不犹豫买了几斤，拎上心满意足地大步走回了家。第二天早上，刚到研究室，一位同僚好友就拿了一小盒东西摆在了我面前。好友知道我最近控制食量，特意拿了几样水果。我一边摆着手一边道谢，但是打开盒盖后，我停住了还在空中“挥舞”的手。盒里亮晶晶、黄里透着红的杏瞬间就让我出卖了自己的灵魂。好友问我，喜欢吃杏？我说，是啊，好像也不是。我昨日买回家的杏，也就吃了几颗。杏，于我，似乎更像是一种情怀、一种记忆，吃，则是为了满足隐约在心底深处的某种情结。

几年前，我还在日本，尽管早就知道日语中有“杏”这个词，日本理应有这个物种，但是生活了那么几年下来，似乎并未曾见过，至少在京都比较少见，我也就不会有什么特殊的想法。可是有一次，竟然惊奇地在超市发现了有黄澄澄的杏在卖，虽然也就那么几颗，盛放在非常精致的小碟子里，更加让人意外的是还特意做了个铭牌，似乎在透露出这个水果的稀缺性。我在想如果没有这个名字的标注，恐怕真有很多人认不出来。尽管彼时生活非常拮据，我还是买了几颗。自从离开家乡后，一直流浪在南方，杏似乎也距离我越来越远，最后终于尘封在记忆中了。如果不是意外遇见，我又如何能想起呢？到家后，迫不及待地先在小朋友面前“秀”了一下，小朋友显然不懂我的心境，也不认识我“高价”买来的这个东西，一脸好奇地询问我这是什么。仔细想想，不止小朋友不认识，对于南方出生的大部分人来说，也应该比较陌生吧。

小时候，春季新学期开学未几，家乡的天气乍暖还寒，山里的崖畔上就绽放出一丛又一丛的白色、红色的花，花团锦簇，赏心悦目。干旱寂寞的黄土地只有在这个时节才迎来姹紫嫣红、百花争艳的热闹场景。经历一个寒冬后，春天终于赐给了万物平等的生长机会，黄土地充分展示出它那顽强的生命力。伴随着勃勃的生机，那首被传唱了千百年的民歌也开始响彻黄土高原的角角落落：

桃花来你就红来杏花来你就白
爬山越岭我寻你来呀
啊格呀呀呔……

分辨不出桃树、杏树的人，听到这首歌也就能分辨得出了。对于打小在山里长大的我来说，区分桃树、杏树实在不是难事，看一眼就能认出，不只是杏树、桃树，李子、梨树、苹果，甚至哪怕是同一种类的不同品种都能区分出来。这当然不是因为我有多么专业，而是哪个角落有棵什么样的树，我实在太清楚了。甚至根本不用看，告诉我在什么地方，我就能知道。在那个缺吃少穿的年代，春天漫山的花团和处处生机不仅给山里人带来了无限的希望，更给靠着腌菜或干货熬了一个冬天的人们带来了别样的饱腹之食，一年又一年都是这么熬过来的。

一场接一场的春风吹落杏花后不久，就可以看到杏树缀上了一个又一个小小的绿茸茸的果实。抑制不住的期待就像春天的野草一样疯长，上下学的路上都会去各处“巡视”一遍，哪个地方的哪棵树的果实长得大一点了，都一清二楚。到哪天实在忍不住的时候，就从树上掐个小果实下来，在衣服上蹭掉表层的茸毛，迫不及待地丢进嘴里。小果粒的杏又脆又有点涩，满嘴里都是青涩的味道，但无论如何总算感受到了春天的与众不同。杏子再长大一些的时候，就变成了酸涩的味道。长到指头大小的时候，树叶也基本覆盖了整棵杏树。绿绿的杏全部躲藏在杏叶下面，如果不仔细找，都不太容易找出杏子来。这个时节的杏最酸，酸得人能打起哆嗦来。多吃几颗，牙齿就会被酸倒，进到胃里，热烘烘的。家乡的俗谚云：“桃饱杏暖李子地里埋死人”，无论现代科学怎么去解释，我都觉得有一定的道理。在没有零食的时代，揣在兜里的绿色杏子就成为班里好友之间最值得炫耀的“资本”，于是，根本等不到完全成熟，杏树低矮处的果实已经被扫荡一空了。

待到暖风送晴，绿树阴浓，杏子正肥之时，却发现树上已经没几颗了。有一年春天，父亲弄到了几棵杏树、果树、李子树苗，栽到了门前屋后，父亲还特意将一枝李子树的嫩芽修剪后嫁接到了屋前一棵大杏树上。没过多久就发现了嫁接的枝条抽出新芽，包裹的塑料拆掉后，已经可以看到李子的嫩芽已经完全长在了杏树枝丫上了。待到绿树成荫时，能够清楚地看到一棵树上长出了两种不同树叶的奇观。那年成熟的杏子虽然没吃到多少，但是杏仁被全部留下来，种在了院子里，不仅如此，我们还漫山遍野去寻找、移栽新生的幼树苗。院子的一个角落也新辟了一块小菜园，专门用来种植和移栽幼苗。每天给它松土、浇水、抓虫、施肥。认真劲儿完全不输专业的老农，杏树苗也在精心呵护下茁壮成长，从三四片叶子长到了七八片叶子，但完全不能满足我急迫地想让它长大的心情。

一场雨后，父亲买来了几袋化肥，撒在庄稼地里。我似乎看到了希望，晚饭后抓了几把化肥直奔我的小菜园，认认真真在每个小苗根部放了一小撮，心满意足地回去睡觉了，睡梦中梦见着我的小杏树苗长成了参天大树。农谚云："桃三杏四梨五年，枣树当年就卖钱"，杏树挂果要比桃树还晚，可是我怎么能等那么久啊！

第二天早上，眼睛一睁就又飞奔到菜园，我却傻了眼：原来向上的叶子像小孩子干了坏事遭到训斥一样耷拉着脑袋，都垂下了头。我急得哇哇大叫，惊动了一家人，父亲马上让我去浇水，说我肥料放多了。急救措施最终还是没能挽回菜园的全部生命，那天下午有些树苗叶子开始发黄，直到最后枯萎。那块菜园显然已经不适合小树苗再继续生存了，我将剩下几棵还有存活希望的树苗移栽到了院子两头的空地上和路边，想每天看着它长大。

上中学离开家后，屋前屋后的杏树苗也逐渐远离了我的视野。就像"有心栽花花不发，无心插柳柳成荫"一样，我认真呵护的树苗几乎"全军覆没"，可是我没有再管理它们后，它们居然都茁壮成长了起来。

有一年暑假回家后，我惊奇地发现移栽到院子两头的杏树枝头挂上了黄里透红的果实，个头虽然不大，但却像是蒜瓣编成的发辫一样，压弯了枝头。青色的酸杏吃了几年之后，我第一次等到了它的成熟，吃到了不是那么酸的熟杏。那味道甜里带着点淡淡的酸，吃在嘴里软软糯糯，格外不同。

当我告诉小朋友我栽种杏树的经历后，她似乎能够理解了但也只是浅浅地尝了一下，告诉我说“什么味儿都没”。我咬了一口，也确实没有什么特别的味道，不酸也不甜，更没有家乡杏的味道。一股淡淡的失落混杂着“物是味非”的落差感，悄然在这个异国初夏埋下了一颗乡愁的种子。

农历七月正值杏果飘香，老家门前那棵我亲自种下的杏，这会儿也已经硕果满枝了吧……

故乡的味道

出差到西安，安排好住宿，我就迫不及待地走出宾馆。故乡陕北虽然距离西安还有600多公里，但对我来说，西安作为陕西的中心，能到西安，我已然已在故乡。

一条小巷闪烁着都市夜晚特有的五光十色出现在我的眼前，小巷尽头过往的车辆若隐若现，莫名的好奇吸引着我朝着小巷的深处信步走去。没走多远，一个招牌上的两个字紧紧地吸住了我的眼球，定睛端详，确定我没有看错，确确实实写有两个字“陕北”，是一家来自故乡陕北的小饭馆。虽然我并无什么食欲，还是走了进去。乡情显然已经远大于食物带来的诱惑，来自故乡的任何信息都成为慰藉那颗思乡的心灵的最好东西。

“还有吃的吗？”我问，“有的”。一位大姐带着典型的陕北口音马上回复道。我心里突然就莫名地激动，小店这么晚了还未打烊，小饭馆的老板居然操着正宗的陕北口音。离家十多年，一句简单的乡音都可以勾起我无限的乡愁来。

拿起桌子上的菜单，熟悉的菜名一个个跃入我的眼帘。洋芋擦擦、饸烙面、烩面、陕北羊杂、特色抿节……应有尽有。无一不是吃过多年、养活我长大的陕北特色主食。如今，一方面民众生活水平提高了，另一方面制作工序复杂，其中一些菜品已经渐渐淡出了普通老百姓的餐桌。而这家小店居然无论繁简各种各样非常齐全。自从上大学以来，其中大部分我再没吃到了。

我有每样都点一份的冲动，此刻食物的诱惑对我来说已经远超过了食物本身。我将这艰难的抉择交给了那位大姐。我告诉她，这么晚了，哪样方便做，我就吃哪样吧。那位大姐一听我是陕北人，又是刚回西安，顿了一下回复说，她去确认一下后厨，有的话来份饸烙面，或者就炒洋芋擦擦。我高兴地一边点头，一边看着墙壁上挂着的延安毛泽东故居的那巨幅图画，猜想这家店应该来自延安吧。很快，那位大姐就从后厨返回告诉我："因为时间实在比较晚，只剩下炒洋芋擦擦比较方便了。"我高兴地说："只要有吃的就不错，上次吃洋芋擦擦估计都在十多年前了。"

陕北地处黄土高原腹地，干旱少雨、土壤肥力有限，不利于蔬菜的种植，而土豆（俗称洋芋）因其对水分的要求不高，被大量推广种植。每年青黄不接的时节，土豆就成了陕北家家户户一日三餐的主要吃食。除众所熟知的炒土豆丝、土豆片、土豆烧肉之外，还有土豆泥、土豆粉条、土豆黑楞。

洋芋擦擦也是陕北土豆众多吃法中的一种。将土豆刨皮洗净后，用专用的土豆擦床将土豆擦成一条条一片片，然后撒上面粉搅拌，直到土豆中的淀粉汁全部被面粉均匀吸收。然后撒上调味料，搅拌均匀后放入蒸笼里，根据放入薄厚程度的不同，十几、二十分钟即可蒸熟。

在不同的季节，也可以拌入一些应季的时蔬。春天的槐花刚刚绽放时，采摘一些拌进去，蒸熟的洋芋擦擦也飘着淡淡的槐花香。夏秋时节四季豆大量成熟，随手采上一小筐，洗净后切碎拌入一起蒸，不但可以缓解单纯土豆的腻感，更可以补充蔬菜的营养。当然，根据每个人口味的不同，还可适当加入其他时蔬。

洋芋擦擦比较耗面粉，所以小时候很少能吃得上。后来，不再担心面粉消耗不起时，洋芋擦擦也逐渐吃腻了。等全家迁居到一处新地方，得益于附近丰富的水源，日常的果蔬大量地种植起来。夏秋时节，炒几颗西红柿和辣椒拌入蒸好的洋芋擦擦里，味道瞬间就变得格外好。偶尔也用烧红的油泼点辣椒、蒜蓉等，拌进去那味道马上也能提升一个层次。但是一年四季，有西红柿和辣椒吃的时间毕竟还是少。更多的时候，母亲将买回的猪油放入各种调味料，反反复复把油全部榨出来，满屋子都飘香。之后，每次有洋芋擦擦吃时，我和小哥便偷偷去挖点猪油拌进去，满足感是无以言表的。

还在我回味曾经的美味时，那位大姐端来的一盘炒洋芋擦擦将我从记忆中拉回，仔细一看，和记忆中的洋芋擦擦已经完全不同，有青椒、西红柿、洋葱、鸡蛋等，光看这搭配就让人垂涎。大姐告诉我，如今，蒸熟的洋芋擦擦都是再次回锅，加上鸡蛋、火腿、西芹、洋葱等重新炒一下，不但好看，味道也特别香。

我迫不及待地用筷子夹起一口，那一瞬间，洋芋擦擦的香味混杂着浓浓的乡情填进了我的口腔，充满了我的整个身心。

想来，除了它本身的味道，应该还有来自陕北故乡的山水的味道，亦不缺乏时间的味道。当然也有记忆中母亲的味道、亲人的味道。正是这些味道在经历漫长的时间、跨越遥远的距离，和自己的乡情、记忆相结合，漫过舌尖，马上涌上了心头。

我忽然想起了《食光深处的温暖》中的一句话：每个人心中都有一种历久弥香的味道，是食物，也是念想，可以满足味蕾，也能慰藉灵魂。

故乡的夜

西安，已是深秋。这个时节，故乡陕北的乡亲们应该是最忙碌的时候。而在繁华的都市，只有马路两旁失色的花容和枯萎的树叶提醒着时令的更迭。

在附近觅了点食物之后，拖着疲惫的身体回到住处。酒店的条件非常不错，落地窗前，懒洋洋地伸展开一张书桌，一盏台灯伸长脖子，把全部光都洒在桌上，我摊开一本书，冲了一杯咖啡，埋坐在桌前的椅子上，也不介意是我在看书还是书在看我。

掐指算来，已有近六年没再到过西安了。过去的这几年，不用说逢年过节，就是稀松平常的日子里，只要有人提及故乡这两个字，我的内心都会像琴弦一样被拨动出各种音值的回忆来。故乡，那是一个让我永远魂牵梦绕的地方。如今，身在西安，激动的心情早已驱散了所有的倦意。

时间已经过了子夜，我依然端坐窗前，望着窗外黑漆漆的夜空。尽管雾霾比较严重，但从十层楼向下望去，马路上的灯光依然朦胧可见，偶尔有汽车在薄雾中穿梭而过。远处，都市的灯光摇曳在那层薄雾之中。

而立那年的春节，我从遥远的江南回到西安，大年夜，全家团聚，高兴与激动洋溢在亲人的脸上，而我却一夜未眠，时光一晃已届而立，而我好像还是那个没有长大的孩子。躺在床上，我辗转反侧，回首过去，展望未来，内心复杂到无以名状。

当一丝光亮就要爬上窗户时，我才进入梦乡。梦姗姗而至，虽然有点晚，但它还是如约而至，就像是黑夜过后的光明。想来，黑暗与光明之间的距离其实也就是一场梦那么远。春节过后，我背着一个假期积累下的无数的梦想，再次踏上了远方的征程。

夜，静悄悄的，房间里安静得有些寂寥，窗外偶尔疾驰而过的汽车的声音会不时传入耳朵。杯里的咖啡已经见底，本就清醒的大脑更加清醒。只是，此刻完全不知道自己在想些什么。楼下马路上的路灯此刻也好像已经睡意蒙胧，感觉越来越模糊了。我已经很久没有体味过这样的黑夜了。

都市的夜晚，远没有故乡乡村里的那般纯净，更别提那诱人的月色。中学时，家里每年都会种西瓜。暑假一到，我和小哥就义不容辞地担当起看守瓜地的任务。瓜地四面环山，非常偏僻，周边没有一丝人烟。白天，灿烂的阳光洒满整个世界，我们躲在茂密的庄稼地里，尽情地嬉戏玩闹，累了，坐下来对着远山，读读那些平日里无暇卒读的书。晚上，夜色笼罩着空旷的山谷，周遭是死一般的寂静。我们站在星空之下，看远山的轮廓被夜色描摹得若隐若现，像巨幅的水墨画，浓淡不一之处，便显示出山的凹凸。像被巨人一脚踩过，山坳里，浓浓的夜色像一瓶浓稠的墨汁，无论如何搅和，都是黑暗。我和小哥，每天夜里总有那么一段时间就栖息在那浓稠的黑暗中，一边欣赏着满天亮亮的星星和皎洁的月光，一边畅谈着白天读过的书，偶尔也会遥想一下我们的未来、我们的梦想。

山坳里越是黑暗，远山的轮廓就越是清晰。满月的日子里，我们还会窝在白天玩过的庄稼地里，看着那流水般的月光倾泻在整个山谷里。偶尔，也会有披着月光出没的小动物，忽然划破了山谷的沉寂，传来一阵庄稼叶子相互碰撞的“哗啦哗啦”的声音。这时，我们一跃而起，口哨声、扔土块的声音、吼叫声便同时响起，寂静的山谷顿时就变得热闹起来。月光下，有时可以看到一只野兔抑或田鼠被突如其来的声音惊得四处乱窜。

在没有月光的日子里，黑暗笼罩整个山谷，浓浓的夜色就像一块无边无际的黑色大幕，覆盖了整个世界。无尽的寂寥中，我们会一遍又一遍地唱着那祖祖辈辈永远都唱不够的信天游，响亮的歌声久久回荡在寂静的山谷，震住了那些黑暗中蠢蠢欲动的小生物。

也不知什么时候起，我们都学会了吹笛，悠扬的笛声寄托着我们无尽的希望，响彻山谷，飘向远方。

黑夜是梦想的精灵，一夜又一夜的黑暗中，我们望着星空，望着远山，做了不计其数的梦，我们用歌声、笛声，用自己微弱的力量，守望着全家的希望，守望着我们的未来。

夜再长，总有迎来黎明的时候，梦会醒，但逐梦的脚步永不停歇。岁月如梭，回想起过去的那些岁月，那些在无数的黑暗中酝酿出来的美好的梦想，我每天都感觉是在逐梦的路上，从未停下过自己的脚步。

此次，时隔六年再次返回西安，不变的唯有那份沉甸甸的乡情，梦想却依旧像夜空中的星星，给了我希望，又那么遥不可及。十几年里，我走过天涯走过海角，唯独回不去自己的故乡，也未曾追上自己的梦想。（作于 2017 年 11 月 16 日）

火车记忆

“咣当、咣当……”，列车驶过铁轨衔接处发出的声响，一声又一声，声声入耳。车厢里除了旁边铺位上那位大哥的呼噜声，再无声息。我躺在那张逼仄的铺位上辗转难眠。自从时速350公里的高铁驶入人们的生活以来，我已经好久没有坐过这“咣当、咣当”的绿皮车了。

20多年前，我尚在乡下，一心一意备考大学。邻居家的姐姐先我考入了湖北的一所大学。据说从老家出发，先得坐长途汽车，辗转到市里，再坐火车到省城，继续换乘几次才能到学校，光是坐火车都得几天。送姐姐上学的叔叔返回家后，我就迫不及待地跑到他们家，听他讲述姐姐的大学及往返路上坐火车的故事，瞬间涌出满满的羡慕。大学、火车，对于尚未出过远门、从未见过火车的我来说，单想想就觉得足够让人幸福。也许正是因为在我潜意识里有这样根深蒂固的想法作祟，报考大学时，我毫不犹豫就选择了省外。

当我历经艰辛，终于如愿考入省外大学时，坐火车的梦却并未实现。为了节约路费，家里并没有人送我去上学，家人出于安全考虑，几经打听，安排我跟随邻村的小伙伴，和他家人一起坐汽车上学。

十几个小时的长途跨省大巴车，夜里车窗外呼啸的风声、雨声，时至今日似乎都依然在耳边响起。虽然坐火车上学的梦想并未实现，但是上大学后不久就见到了真实的火车。

距离大学不远有一座车站，虽然是货运站，但偶尔也会有客列经过。每当我看着那一排排的车窗从眼前驶过，清晰地看到写在旅客脸上的那份悠然的惬意，我瞬间有点失落，什么时候自己才能坐在那上面呢？我不需要明确的目的地，就让我坐在车上，任凭列车载着我驶向任何遥远的他乡吧！

但可气的是，只要我说到火车，宿舍的一位舍友总会及时插嘴：他们家就住在火车道旁，每天都可以看到无数列客货车驶过。据说他小时候的很多游戏都和火车有关，甚至，他和小伙伴们把硬币放在铁轨上，等火车压过后，一起开心地玩被火车压扁变形的硬币。

暑假渐渐临近。听说暑假回家的火车票可以拜托学长去火车站购买，这对我来说无疑是天大的好消息，我根本不需要丝毫的犹豫就拜托了。

等待的日子是最煎熬人心的。我日日盼，夜夜盼，盼望着车票能到手，盼望着暑假能早日到来，盼望着能早日坐上心心念念的火车。那些等待的日子里，只要见到小伙伴，我总不忘问一声。

从来好事多磨。有一天小伙伴告诉我说，学长买票回来了，但是车票并未买到。由于市内高校暑假放假的时间高度统一，火车票一票难求。那个时候火车票尚未实名制，电脑之类的网络也才刚刚兴起，手机那都是“贵族”们才能用得起的，黑白翻盖彩屏都已经算超级“时髦”的了，智能还停留在人们的想象中。买票只能到火车站或者是设置在市内各处的代售点，别无其他途径。据说学长早上 5 点多就挤在代售点的人群里，排了一早上队，结果没票了。一大早的辛苦且不说，我失望沮丧到了极点。不过，末了小伙伴还补充了一句：学长过几天还会再去一次火车站。我的心底又燃起了一点希望。

假期越来越近，心心念念的火车票还是没有着落。室友或班里同学去国内其他方向的火车票大多已经到手，而我还在等待。

就在我几乎已不抱希望的时候，小伙伴送来了一张车票。红色的票面上，注明了起点和终点，还注明了中转的车站。听说学长为了买到车票比之前去的更早，而且非常讲究策略，所有代买的票都错开了时间，意味着彼此之间都不能同行，必须独自乘车。幸运的是考虑到市内高校统一放假一票难求，铁路局新增发了几列临时客车，于是，所有车票都顺利买到了。学长叮嘱说，我的车票虽然显示了终点，但是上面写的车次只能到西安，得在西安转乘，而转乘的车次却没有标注，抵达西安后，只要在站台上看到有去家乡的车就尽量上。

尽管是独行、临客，以及有不确定的后半程，但一想到多年的火车梦就要实现了，我还是高兴得表达了万分的感谢之意。

火车票到手后，心也平静了许多。期末考试结束后，简单收拾了一下行李，我就踏上了归程。

其实班里有同学买到了 T 开头的特快或 K 开头的快速列车车票，我对其中的差别一无所知，似乎也无须知，我需要的不过就是一张可以乘坐火车的票，那已足够了。

出发那天，我早早到了车站，跟着人群进入了候车室。熙熙攘攘的人群里夹杂着大包、小包的行李。我带的似乎是最少的，除了平日里上课的一个书包，别无其他。

检票之后，顺着人流上了站台。长长的一列火车映入我的眼帘。它那庞然的钢铁身躯，像一条长龙，卧在铁轨上，端庄沉稳，分明就是在等我。

我按捺住激动的心情，走了上去，找到属于自己的座位坐了下来。看着两头进来的乘客，肩扛、背负的都是行李，男男女女，我都有点想不通，为什么会有那么多行李。那沉甸甸的重负、急匆匆的脚步、满脸的疲惫，我感觉到了我与他们的不同。火车，对他们来说，也许还是种生活方式。

出发的时间晚点了许多，火车，终于缓缓地开动了。“咣当、咣当”，铁轨下发出的声音敲打着我激动的心，一切皆如之前所料想，悠然、惬意。窗外缓缓驶过的风景，让我暂时忘却了车厢里的熙攘。我沉醉在期待已久的梦想实现的激动与兴奋中，充分享受着乘坐火车带来的满足感。

火车忽然停下来了，把我从沉醉中惊醒。窗外，是前不着村后不着店的绵延荒坡，似乎是一个小镇。火车怎么会停在这里呢？车厢里的人都骚动起来，有人去找乘务员询问，得到的回复是：给其他快车让路，临时停车。此时，终于明白了临客的“临”的真正意思。

停了好久之后，火车再次缓缓开动了。我激动的心情稍微平复了一些。临近下午，车厢里有些热闹起来，很多人都在行李架上拿出了装在行囊里的各类吃食，大快朵颐地吃了起来。我看着自己怀里扁扁的书包，看着车厢里各色人的各类吃食，有点懊恼甚至有点沮丧，我怎么就没想到给自己备点干粮呢。

我把书包里带的书拿了出来，就着乘坐火车的惬意，津津有味地读了起来。没过多久，车又停了下来，窗外依旧好像是荒郊。这次，车厢里平静了些，不说也知道又是临时停车。在等待中，看到了窗外“呼啸”着飞驰而过的另外一列火车。我的心稍微有点不平衡了，我要是坐在那上面该多好啊。

火车走走停停，到天黑之前，似乎也没走到一个更大点的站。车厢里，还是出发时的那些人。我一腔激动的心情也彻底凉了下来。尤其是看到车厢里其他乘客要么开怀畅饮，要么细嚼慢咽地享受美味时，我手里的书本显然已经不能满足我咕咕叫的肚子了。我闭上眼睛，要不先睡会儿觉吧。

也不知道睡了多久，等我再次睁开眼睛时，窗外的天色已经完全暗了下来。坐了一天，我的屁股也有点不再安稳了，火车带来的那份惬意与享受已经消失殆尽。不争气的肚子“咕咕”叫着，我有点烦躁起来，不知道啥时候才能到个大点儿的站，在那里买点吃的喝的。

我开始盼望着车停下来，最好是个有卖东西的大站。可是当我乘坐的列车真正停靠站的时候，我失望了。平常买的方便面居然价格翻了几番，连一瓶水也贵了好几倍。我捏着手里仅有的零碎纸币乖乖地返回自己的座位。未来还不知道要坐多久，关键我还得转一次车，前路茫茫，不到最后一刻，我不能轻易花出去一毛钱。

窗外，黑漆漆的。“咣当、咣当”一声又一声从火车的底部发出来，我不再觉得这声音有多么美妙，我甚至怀疑我之前怎么会觉得乘坐火车是多么惬意的事呢。

座位也不再舒服，随着夜色的加深，饥肠辘辘不算，困意也再度袭来，可是，生硬的座位无论怎么坐都不舒服，我不断地变换着姿势，越睡越感觉难受，越睡越感觉疲惫。

车，依旧是走走停停。夜，沉沉的。车厢里，安安静静的，只有列车底部的“咣当、咣当”声，一声又一声有节奏地传入自己的耳朵。

做了多年的“火车梦”，我终于醒了。想起候车室里，行色匆匆、背着大包小包的旅客，对于奔波在基本生活中的人来说，火车，终归还只是一种交通方式而已。我甚至都觉得这种交通方式还不及我乘坐过的大巴车。

一整夜的辗转难眠，一整夜的煎熬。天亮的时候，我都不知道自己是如何醒过来的。看着车厢里的其他人，疲惫也都写在了他们的脸上。我的屁股再也坐不住了，我决定起来走走，到各个车厢去看看，万一有认识的同学，说不准还能蹭点吃的喝的。

在车厢狭窄的过道，我漫无目的、慢腾腾地走着，穿过一个又一个车厢。忽然，有人喊我的名字，顺着声音，我惊喜地看到了住在火车道旁边的那个室友。明明之前说和老乡一起走的，没想到居然在同一趟车上。我大喜过望。

事实上，让我惊喜的还在后面。室友果然比我经验丰富，不仅带了一大堆吃的，更加神奇的是还带了一瓶白酒，说好了车上喝，结果因为同行的老乡不喝酒，也一直没开瓶。

就这么巧，吃的、喝的全部解决了。那一瓶酒也在我们的谈笑中悄然下肚。一晚上的困意加上酒劲，还未到中午，我就彻底地睡过去了。也不知道什么时候，迷迷糊糊中，听室友说他要下车了，我迷糊地应着，但是手脚无力，一动也不想动。

等我再次醒来时，已经到了下午，周围再也不见熟悉的面孔。看着桌子上的酒瓶和室友给我留下的吃的，我才想起来上午发生的一切。

车，还是走走停停，“咣当、咣当”的声音一声又一声传入我的耳朵。已经过去了两个白天加上一个黑夜，我寻思着应该快到站了吧。问题是我还得转乘一次，还不知道怎么换乘呢。

天擦黑时，终于抵达西安车站。我跟着人流下了车，想起了学长的叮嘱，坚决不能出站，就在站台上找开往家乡的列车。可是，左看右看，无论怎么找，就是没有找到我要乘坐的车。

我有点慌了，天黑了要是没有车，我该如何是好呢。我总不能一直待在站台上吧。就在我焦急得不知如何是好时，一位穿着制服的工作人员走了过来，我马上给他看了我的车票。他告诉我说，我要乘坐的车还没到，也不在这个站台，得下地下通道，到另外的站台等候。

我激动地表达了感激之意，通过地下通道到了另一个站台。几个小时后，晚上好晚，终于等到了开往家乡的列车。由于车票没有车次当然也不可能有座位，于是这个夜晚，我甚至连那个让我难受一晚的座位都没有了，只能挤在人群中度过了漫长的一夜。

“咣当、咣当”，车厢底部传出的声音一声又一声传入耳朵。第一次乘坐火车后三年，偶然的机会，我买到了与第一次乘火车完全相同行程的一张T开头的特快列车票，我才知道那段行程特快只需要6个小时，而当年的临客竟然走了20多个小时。也是在后来，我才知道了列车上还有卧铺，还可以躺在车上倾听“咣当、咣当”的声音。只是，无论之后乘坐软卧还是硬卧，再也没有了当年乘车时那激动的心情。

“咣当、咣当”，坐了几年的高铁之后，再次倾听到当年那熟悉的声音，我想起了曾经，想起了过去的点点滴滴。

长城感怀

榆林东沙的环城路在我读书的那会儿还在修建，刚刚压平的路基上铺的都是砂石，踩上去格外硌脚。路的两侧是矮矮的平房，一排一排整整齐齐，就像是小孩子堆的积木一样。而且所有户型都是一模一样的，平房、小院、围墙、大门。整齐划一，每户的编号也是多少排多少号，走在巷道里，如果不仔细看门牌号，是无论如何也找不到想要找的地方的。高四那年，我就租住在这里的一个院落里。每天上下学都像在迷宫般的巷道里寻找着自己的出路。

穿过环城路硌脚的砂石路基，有几窝草丛，往前走不远就到了城墙脚下。早就听说这段明长城历史悠久，但因每天抬头就能看见，早已习以为常，一直未曾登临。

高四，是人生的一段特殊记忆，暗淡的前途，压抑的生活。看着顶不住压力的同学一个个拿着录取通知去读书，我心里别提有多难过。好在也有一些上了名校已经在读的同学回来复读，心里稍微有了一点安慰。来来往往，这大约就是人生吧。

就在这样的状态下，我第一次走近城墙。那是一天的午后，当伸手触及那些布满大小不一的坑坑洼洼的灰色墙砖时，我还是被强烈的历史感所震撼，那是历经几百年风雨沧桑留下的印记。我抚摸着那些砖头上的坑洼，仿佛回到了那段峥嵘的历史岁月。

1947 年 8 月、10 月，西北野战军两次发动对榆林的作战，尽管外围进军非常顺利，但是结实厚重的城墙还是阻挡了前进的道路。小时候去大爷爷家，听他讲起过当年攻城战役的惨烈。爷爷作为一名普通士兵参加了这场战役，历经九死一生，由于负伤不得不从前线撤下，之后被送回家疗养。小时候，我甚至根本不能体会爷爷讲述时的那种激昂与悲壮。而如今当我站在城墙下触摸着那些厚重的砖墙，我甚至怀疑那布满墙面的千疮百孔说不准就是那场战役留下的印记，墙体根部的洞或许就是那场战争炸开的。一晃几十年过去，爷爷早已离世，城墙却依旧屹立在此。

穿过墙角下的洞就进了城内，可以明显看出长城傍山而筑，山坡下还有一户户的院落。沿坡往上，是一条小路，尽头就是城墙的顶部。攀爬上去后放眼四望，一边是高墙立壁，另一边则可以将整个榆林城尽收眼底。向前，城墙上杂草丛生，凹凸不平，依稀有人迹走过留下的小道，一直延伸至远方。绵延的长城蜿蜒曲折，像巨龙一样匍匐在若隐若现的黄沙之中。

榆林在毛乌素沙漠的边缘，是黄土高原与内蒙古高原的交界地带。来自沙漠深处的风带来了大量的黄沙。每当风起，风中夹杂着沙粒袭来，很多行人都是直接拿塑料袋套在头上，风沙被长城阻挡在城墙脚下，形成了小沙丘。在我租住的小屋，每天晚上睡觉前必须把门帘使劲夹在门缝之中，然后关紧，即便如此，早上醒来的地面仍是一层黄沙。在这里，才可以感受到什么是“沙尘暴”，我一直觉得，只有在这里才能领略到“千里黄云白日曛”的真正景象。

我站在城墙顶上，内心便瞬间涌起了大漠孤烟、长河落日、金戈铁马等种种意象，很想沿着城墙一直向前，去找寻心底那风云叱咤之感，但无戈无马，不得不向脚下的坎坷低头，停下脚步。找一处相对平坦向阳的地方停下来，任由大漠来的风掠过我的耳朵，一声声、一阵阵，我似乎听到了千军万马夹杂着惊天动地的厮杀声，呼啸着滚滚而来，最终却不得不止于这一道高墙。从古至今，多少金戈铁马就这样被挡在了关外，守护了内侧河山的安宁。抬头向城内放眼望去，大漠辽阔，一座座高楼拔地而起，宽阔的马路四通八达、纵横交错。日月星辰依旧，边关冷月未改，阵阵厮杀之声依稀入耳，但边塞俨然已非从前。

几百年来，纵然人世沧桑巨变，唯有长城依旧矗立在关塞，见证着岁月更迭，细数各朝的兴隆更替。我不由得想起“黄沙白骨拥长城”“黄尘足今古，白骨乱蓬蒿”等诗句来。想起孟姜女，想起那震耳欲聋的厮杀声中如排山倒海般涌来的士兵，想起那些倒在长城脚下的役夫民工，无论他们曾经多么伟大、多么平凡，最终都归于一抔黄沙。我想到了自己，我又何曾能免予类似的命运呢?

其时的自己，刚刚经历一场并不成功的高考，奋斗了那么多年，我终于未能走出那片黄土地，如果我就此选择放弃，恐怕也只能这样悄无声息地归于尘埃。想到此，我不由得庆幸，庆幸我坚持了自己的选择，可这只是一个开始。前路正如眼前这城墙顶上的崎岖、坎坷，如何迈过还得仔细思考。

对于从山里走出的我来说，能做的只能是认真读书。可只要一想起那惨淡的成绩，一阵阵揪心的痛就如电击般痛彻全身。古人“肠断阳关”“撩乱边愁”，而我却在万里长风中苦苦思索着自己的过去、现在和将来。“雄关漫道真如铁，而今迈步从头越”，说的不就是自己吗？

作家陈忠实说过：“活着就要记住，人生最痛苦最绝望的那一刻是最难熬的一刻，但不是生命结束的最后一刻；熬过去挣过去就会开始一个重要的转折，开始一个新的辉煌历程；好好活着，活着就有希望。”千里悲风之中，我一遍一遍问自己：我痛苦吗？我绝望吗？答案是远远未必。我有吃有穿，何况这份坚持还是自己的选择，我有什么理由不努力呢？“人生在世能几时”，何况我已经浪费了一个高三。

那条环城路从秋天一直修到冬天，从夯基、压实到铺砂石，多年后我依然记得在昏暗的路灯下，我和好友拿着石子在路面上比画着做题的场景。古老的城墙再也不只是道城墙，它早已成为我心中坚定的钢铁脊梁。

岁月不及挂面长

美梦被急匆匆的电话铃声打断，接起来，那头传来母亲的声音："挂面已经寄出去了，记得查收……"挂掉电话后，睡眼惺忪的我躺在床上却再也无法入睡。

上次回国，正值秋季，母亲托住在镇上的姨给我寄来一小箱我最爱吃的红枣。收到包裹后，发现里面还有几把挂面，这是年迈的父母亲手制作的。原本是送给姨和住在姨家的外婆的。可姨和外婆却没舍得吃，又寄给了几千里外的我。入冬时节，我再次离开祖国，那几把挂面也被我装进行李箱带出了国门。在异国他乡的忙碌日子里，每当夜深人静，心中便涌起数不清理不尽的思念，既是对祖国的眷恋，更是对家乡的深切牵挂。

女儿已经上幼儿园，虽然籍贯被我填为陕北，可她至今也未曾有机会踏上那片生我养我、让我魂牵梦绕的黄土地。她只是通过照片，新奇地看着那里的红枣、窑洞，还有爸爸的爸爸妈妈以及其他尚未谋面的亲人，当然也看到了能垂在地上的好长好长的挂面。每当这时，我就想起姨寄给我的那几把挂面。于是，切点胡萝卜丁、四季豆，炒点肉，撒上葱花，淋点辣椒油在煮好的挂面上，一碗色香味俱全且充满家乡味道的面就做好了。

女儿特别喜欢吃我做的挂面，还不忘给远在家乡的爷爷奶奶打电话，转告他们挂面真好吃。那天，母亲在电话里听说我居然把那两把挂面带到了国外，做给女儿吃，竟失声哭了起来。

她说早知道我会带到国外，就该多寄一些的。我安慰她，航班限重，再多一点我也带不了呀。

离开家乡多年，记忆中的家乡除了绵延起伏的群山，就是漫天飞舞的黄沙。生活在那里的人们祖祖辈辈都是面朝黄土背朝天，在贫瘠的黄土地里艰辛地刨挖着生活。爷爷的四弟就是被几斗米换给了别人。到父亲这辈，爷爷育有九个子女，为了打破靠天吃饭的困境、解决全家的口粮问题，爷爷做起了祖传的手工挂面。

在我最早的记忆里，全家还住在最老最破的那个窑洞里。每天夜半，爷爷在昏暗的煤油灯下，把睡前和好的面搓成条，架在细长的挂面筷子上。清晨我还在梦里，爷爷就已经起床精心打理挂面，等到太阳一出，挂面就被晾在了院子里。那时候，我作为孩子的工作就是把泥捏的“窝窝头”挂在挂面筷子下端。阳光下，挂面如银丝门帘，清香四溢，甚至连母鸡都忍不住过来想啄两嘴。于是，看管好母鸡也成了我的工作之一。

午后，爷爷从地里回来，把架上的挂面卸下，摊在长长的案板上，用一根筷子比着，切得整整齐齐。作为奖励，我可以抽几根晾干的挂面吃。晾干的挂面嚼在嘴里，脆脆的、咸咸的，堪称美味。爷爷把切好的挂面用很细的白色绳子紧紧地扎成一小捆一小捆的，摆放在纸箱子里。隔几天，爷爷便背上箱子到周边的集市上去卖。

随着年龄的增长，儿时的记忆渐行渐远，爷爷的脚步也越来越慢，最小的三姑成家后，爷爷便收起挂面架，再也没有做过挂面。

前两年，家乡的手工挂面突然登上了央视《舌尖上的中国》，一夜之间，手工挂面红遍全国。年迈的父母重拾尘封多年的挂面架，重操旧业。

如爷爷当年，上等的挂面包装得整整齐齐，售卖或者送给亲朋好友，而粗细不太匀称的，以及挂面筷子上的面头则留给自家。如今，虽然再也不用为偶尔煮吃一次挂面头感觉奢侈，但是起早贪黑的辛苦劳作依旧。

我曾提议买机器来代替手工，父亲坚决拒绝，在父母心中，只有双手劳作，才配得上“手工挂面”之名，这或许也是其在工业文明如此发达的今天被重新发掘重新开发的原因所在。我虽然再没有亲见父母在灯下一丝不苟地搓条、上面，但是我却听到了母亲由于日复一日地熬夜患了眼疾的消息。

很多人都是从电视画面抑或是网络上赞叹着挂面千万银线倾泻的画面，也有很多人为其美味赞不绝口，却鲜有人体会过挂面人的心血。无数个不眠之夜的辛苦守候才换来阳光下挂面的清香。手工挂面之所以美味，之所以能够流传千百年，大概就得益于挂面人日日夜夜的辛劳吧。

其实，如今父母大可不必以此谋生，我也曾和父亲聊过好多次。但在父亲眼里，当下的政策比起爷爷当年好了太多，不做挂面似乎对不住爷爷当年付出的辛劳。父亲还打趣说，要是让爷爷知道现在的政策这么好，九十多岁的他说不准还想再次上挂面架呢。

父母这几年做的挂面，很多都送给了慕名的亲朋好友，也多次要给我寄一些。每次我都以各种各样的理由拒绝了，我何尝不知道挂面好吃呢，可是想起记忆中的那些不眠之夜，我宁愿选择拒绝。尽管如此，姨寄给我的那几把挂面被带到国外仍让母亲无法释怀，等我又一次回国时，母亲便将早已经准备好的一箱挂面交寄给邮局。

躺在床上，我思索着，我仅尝过爷爷做挂面剩下来的挂面头，却记住了其清香与苦涩。女儿吃的是爷爷做的上等挂面，她能记住其美味吗？我想，女儿再吃挂面时，一定给她讲讲挂面背后的故事，无论如何也得抽时间带女儿亲眼去见证手工挂面背后的辛劳。

爷爷

前些天，应几位日本朋友之邀，出去小聚。酒过三巡，自然免不了天南海北地高谈阔论。话题也从日本到中国，进而谈到了我的故乡。让人意外的是，当我告诉对方我的家乡时，其中一位日本友人竟然告诉我说，他曾经到过我的家乡，而且知道我家乡的特产，红枣以及近几年刚刚兴起的挂面产业。意外之余，不禁为家乡这几年取得的成就感到小小的自豪。

家乡地处秦晋交界，黄河岸边，是陕北通往华北地区的桥头堡，自古就是兵家必争的战略要地，虽然位置优越，但因地处黄土高原腹地，属于典型的黄土丘陵地，干旱少雨。生活在那里的人们千百年来一直都是面朝黄土背朝天地躬耕劳作，农忙之余，做一些传统手工，拿到市集上换点零用钱。

我家也不例外，众多的兄弟姐妹为本就贫寒的家庭增加了不少负担。还很小的时候，父母每天忙于生计，我经常被托付在爷爷奶奶家。

不记得在爷爷家那几孔古老的窑洞中度过了几个年头，但是爷爷在窑洞中做挂面的场景却始终难忘。昏暗的煤油灯下，爷爷把和好的面搓成细细的长条，一根又一根，一圈又一圈，上在挂面筷上，放入事先预备好的阴面架上，次日，太阳一出，分面、晾出去。日复一日，不厌其烦地重复着这千百年来简单却辛苦的工作。

听爷爷讲，手工挂面据传是从拉面中悟出的一种面食。有一年村里庙会唱大戏，先祖用拿手的拉面盛情款待亲戚朋友，然而亲朋来得少，和好的面剩下许多，于是顺手拉成细长条挂在长木筷子上，因面是用淡盐水和成，很有韧性，再加上下垂的重力，面条被拉得又长又细。再次回锅煮着吃时，发现口感比原来更好，随后在工具和做法等方面多次反复改进，逐步演变成传统的手工挂面工艺，因其用木质筷子挂吊起来，故起名“挂面”。

挂面的质量和水源的关系非常密切。家乡地处黄土腹地，水资源稀缺，而优质的井水能为挂面的口感增色不少。村里村外有几口井，但据说爷爷家坡底那口井的水最好，用它做出的挂面非常劲道，口感格外好。

得益于大自然的馈赠以及爷爷精湛的挂面技术，爷爷家的挂面销路极佳。周边佳县、吴堡、绥德、米脂乃至黄河沿岸，不知道“老霍家挂面”的人不多。据说媒人说媒时，问对象是哪家的，说是老霍家的，那众人都说“是好人家”。老霍家的小伙子娶媳妇好娶，主要就在于老霍家子弟勤劳、有手艺。老霍家的姑娘找对象也好找，根源在于“引媳妇则引手艺、接财神”。

挂面生意的红火带来老霍家人丁兴旺，多少年来老霍家从不外出揽工，因为揽工不如做挂面合算，凭借着世代传承的手艺，老霍家数代男女几乎个个都是挂挂面的能手。

凭借着先祖传下来的传统手艺，霍家养活了一代又一代的人。大清乾隆年在坟焉立的一筒墓碑上有这样的记载：“霍家一生躬耕农圃，辅以挂挂面……”据说霍德有六个儿子，其三儿、五儿带着挂面手艺走“口外”（现在的新疆），二儿、四儿带着挂面手艺走“西口”（现在的包头），捎回书信说“那里气候干燥风沙大，水不好，挂面做不成而改做其他活”。

到19世纪30年代，老霍家手工挂面的传人第十五世霍昌旺手艺精湛，生意兴隆，膝下两子，长子霍凤和，次子霍凤有，兄弟二人继承祖业，长子霍凤和膝下无子，而次子霍凤有聪明能干，人丁兴旺，膝下六个儿子，长子万财、二子步财、三子英年早逝、四子贵财、五子旺财、六子千财。到20世纪20年代四子霍贵财成家立业得了老霍家挂面的真传，膝下四子，长子霍世功，次子霍世祥、三子霍世清、四子霍辉。此后，只有爷爷（霍世祥）因有养育九个子女的重担，继承了祖传的手艺。

爷爷每隔几天便把做好的挂面用很细的白色绳子紧紧地扎成一小捆一小捆的，摆放在纸箱子里。逢年过节时，则用红色的纸从中间扎成一小把一小把的，然后背上箱子到周边的十里八乡的集市上去售卖。

听爷爷说，以前的挂面销售主要有三种方式：一是挑着担子走村串户换麦子再加工。二是去集贸市场上交易，最大的市场在佳州松峪（现在的佳县螅镇），松峪是黄河西岸的水陆码头，华北与西北、内蒙古的交通码头，九曲黄河的港口。那里商家密集，船工、脚夫在此歇脚，木船上备有锅灶，吃饭大都是自炊，挂面做起来方便、快捷，而且省食盐，做生意的擅长精打细算，省下食盐也是钱。脚夫大多赶着骆驼，骆驼背上挂着灶具，自炊方便又省钱。他们旅途中的食品首选煮挂面。

松峪街是老霍家挂面的重要销售点，船工、水手、脚夫带着挂面在外乡煮吃时，外地人好奇，偶尔尝上几口便赞不绝口，托其捎带买点，这些人便成了挂面的宣传者、销售者。吃挂面的人越来越多，挂面生意也越来越红火。松峪集镇上卖挂面的只有老霍家，市场管理人员为此专门给划分了挂面摊点（寺焉圪垛西侧背阴处），一直持续到 20 世纪 60 年代，来这里买挂面的主要是羊肚子手巾在头上向后挽的山西人。通过他们，挂面开始“东渡黄河”销往山西各地。

三是靠着驿站交易。佳县康家港乡沙坪村（原双坪村），是历史上比较繁华的古驿站，特别是明清时期晋商兴起，这条道上每天都要走上百头运货的大牲口，他们把碛口的洋布、洋货通过松峪（现在的螅镇）运到大西北，又将大西北的清油（麻油）、甘草、青盐、皮毛等货运至全国各地。晋商的突起、碛口的兴盛，给这条古驿道注入了很大活力，老霍家手工挂面成了这些商贩经销的热门货，也由此走向大西北乃至全国各地。

儿时，每次听爷爷讲去松峪街上卖挂面的场景时，我小小的内心里便涌动出无限的憧憬，那该是多么大多么遥远多么热闹的一个地方！长大了才知道爷爷挑着上百斤的重担，徒步在坎坷的河道上走 40 多里是多么辛苦。爷爷从松峪返回时，很多时候肩上也不空，担回的是沉甸甸的煤块或者食盐。

正是爷爷长年累月的辛苦劳作，才养活了父亲他们兄妹九个，到我这辈，爷爷的子孙已经多达 20 几个。小时候，每到过年，爷爷总会提前挨家挨户地给我们小辈送压岁钱，从最初的几毛钱到后来的几块，再到后来的几十块、上百。随着压岁钱的增加，爷爷越来越苍老。到最小的三姑成家后，爷爷就收起了挂面架，再也没有做过挂面。挂面虽好，但其中的辛苦只有挂面人能知晓。

前两年，家乡几近忘却的手工挂面突然被搬上了央视《舌尖上的中国》，一夜之间，手工挂面红遍全国。家乡很多人开始重拾旧业，用最原始的方式做起了千百年流传下来的手工挂面。老霍家的传统精湛工艺不但被兄长完整传承，而且进一步发扬光大了。

这几年，家乡手工挂面产业蓬勃发展，已成为当地经济发展的一大亮点。没想到的是，这小小的手工挂面居然也引起了日本友人的关注，相信在未来，家乡手工挂面会走向更广阔的世界舞台，为家乡带来更多的机遇与荣耀。